Alwine und di
The Watch ar

Martin Smith

Möge die Phantasie der Kinder wachsen und gedeihen.
May the fantasy of children flourish and grow.

Menden ist ziemlich einzigartig: Eine Stadt, die nicht zu groß und nicht zu klein ist, gelegen im wunderschönen Sauerland. Rund um die Stadt sieht man eine Anzahl kleiner Dörfer, die sich im Tal und auf den Hügeln ausbreiten. Einige umlagern sogar Verkehrskreuzungen.

Die Grenzen waren lange vor unserer Zeit abgesteckt, die meisten innerhalb der Hörweite der Kirchturmglocken der St. Vinzenzkirche. In die Geschichte der Stadt sind die Namen einiger imposanter Orte verwoben, wie etwa der Hexenteich, die Rodenburg oder der Teufelsturm.

Dieses Buch ist voll von diesen Orten und Namen. Es handelt aber auch von einer Gruppe Geistern, magischen Personen oder Wesen, die in und um die Stadt leben wie Alwine, eine Hexe, die am Hexenteich wohnt. Für Menschen ist sie unsichtbar. Außerdem hat sie die Gabe mit Tieren und Pflanzen zu sprechen. Sie hat einen berühmten Freund: Goswin, einen alten Ritter, der auf der Rodenburg lebte. Es gibt eine Anzahl weiterer schillernder Gestalten wie Elfi, eine Elfe, Dragnet, ein tollpatschiger Drache, Hoot, eine weise Eule, Captain Gold, ein Pirat und nicht zuletzt Bertus, ein Zauberer, der unter der „alten Bertha“ lebt, eine Eiche im Wald hinter Oesbern. Zusammen erleben sie manch seltsame, aber auch wundervolle Abenteuer.

In diesem Buch erzählt uns Bertus die Geschichte einer anderen Art von Lebewesen, die unter unseren Augen leben, von denen aber nur wenige Menschen etwas wissen.

Menden is quite a unique town; it is not too big and not too small and it is situated in a delightful area in the foothills of the Sauerland. Around the town itself one can see a number of smaller villages dotted along a valley, nesting on top of a hill, hiding in a dale, or even located around a crossroads.

The boundaries were laid down long before our time and most of them within earshot of the same church bell, St. Vinzenz. The history of the town involves places with impressive names such as the Witches' Pond, the Rodenburg and the Devil's Tower.

This book is full of these names and places. It is about a group of ghosts, magical people or beings who live in and around the town, such as Alwine, a witch who lives near the Witches' Pond. She is invisible to mankind and has the power to speak to animals and plants. She has a very famous boyfriend, Goswin, a knight of old who used to live in the Rodenburg. There are also numerous other colourful characters such as Elfi the elf, Dragnet, a clumsy dragon; Hoot, the wise old barn owl; Captain Gold the pirate and, last but certainly not least, Bertus the wizard who lives under Old Berta, an oak tree in the woods behind Oesbern. Together they have had many strange and wonderful adventures.

In this story, Bertus tells us all about another race of people living literally under our noses that not many people know about.

Bertus erzählt eine Geschichte

Goswin lag mit dem Kopf in Alwines Schoß und starrte die Decke an. Die Abenteuer der letzten Monate forderten ihren Tribut, insbesondere in seinem Aussehen. Er wirkte ausgemergelt. Er hatte einen verwirrten Ausdruck im Gesicht und man sah, dass etwas ihn beunruhigte. Schließlich drehte er den Kopf zu Alwine.

„Aber warum haben sie die alte Burg überhaupt eingerissen? Sie müssen einen guten Grund dafür gehabt haben."

Alwine nickte nur und beobachtete eine Gruppe Schüler, die den Raum betraten. Alwine und Goswin saßen – für Sterbliche unsichtbar – vor dem Skelett des Höhlenbären im Mendener Museum. Die Museumsleiterin, Frau Törnig-Struck, kam durch die Tür und erklärte ihrem Publikum alles über Fossilien und die Ausstellungsstücke im Raum.

Alwine dachte eine Weile nach, bevor sie seine Frage beantwortete. Sie fand auch, dass es ziemlich komisch und ärgerlich war etwas Altes und Wertvolles einfach von der Karte zu wischen.

„Ich vermute, es war die Art der Siebziger: Werde das Alte los und baue etwas Neues."

Frau Törnig-Struck und ihre Schüler kamen ein bisschen näher und standen nun direkt vor Alwine und Goswin. Sie schauten durch die Geister hindurch, ahnungslos, dass sie überhaupt da waren. Sie besahen den Höhlenbären hinter ihnen und schließlich begannen einige Schüler zu reden, zu lachen und zu kichern angesichts der armen, alten Knochen des Bären.

Alwine konnte den Abscheu des Bären spüren.

„Ignorier sie einfach, Bär! Du hast es nahezu 100 Jahre getan. Du musst mittlerweise daran gewöhnt sein!"

Der Bär nahm ihre Gedanken zur Kenntnis und lächelte. Er konnte sich immer noch daran erinnern, wie Friedrich Glunz ihn 1915 in der Kepplerhöhle gefunden hatte.

Alwine drehte sich zu Goswin um. „Hast du Bertus in letzter Zeit gesehen?" Goswin zwinkerte dem Bären zu und erhob sich vom Boden. „Nein, warum? Muss er etwas reparieren, auf das sich Dragnet gesetzt hat?"

„Nein, ... nein, ich bin nur neugierig. Ich gehe jetzt zu ihm. Kommst du mit?"

„Ja, er hat mich auch eingeladen ... genauso wie einige der anderen. Captain Gold und Dragnet werden auch dort sein. Irgendetwas wird sicher unter der Beanspruchung kaputtgehen", antwortete Goswin lächelnd.

Sie gingen durch die Schüler und die Museumsleiterin hinaus an die frische Luft vor dem alten Rathaus. Der Frühling war nun doch endlich eingezogen und die Menschen liefen geschäftig hin und her und erledigten ihre Einkäufe.

Bertus tells a Story

Goswin lay with his head in Alwine's lap, gazing towards the ceiling. The adventures of the last few months had taken their toll on his appearance and he looked quite haggard. He had a rather puzzled expression on his face and one could see that something was bothering him.

Eventually he turned his head towards Alwine.

'But why did they knock the old castle down in the first place? They must have had a good reason for it.'

Alwine just nodded and watched a group of school children entering the room. She and Goswin were sitting, invisible to mortals, in front of the skeleton of a cave bear in Menden's museum. The museum director, Mrs. Törnig-Struck, came through the door and began to explain to her captive audience all about the fossils and exhibits displayed in the room.

Alwine thought for a while before answering his question. She also felt it was rather odd and annoying that something so precious and historic could simply be wiped off the map.

'I presume it was the way of the seventies! Getting rid of the old and building something new.'

Mrs. Törnig-Struck and her students came a little closer and stood directly in front of them, looking through their ghostly figures, oblivious of their presence. They were observing the cave bear behind them and eventually began to talk, laugh and giggle at the sight of the bear's poor old bones.

Alwine could sense the bear's revulsion.

'Just ignore them, bear! You've been doing it for near on 100 years—you must be used to it by now.'

The bear acknowledged her thoughts and smiled. He could still remember how Friedrich Glunz had found him in the Keppler caves way back around 1915.

Alwine turned to Goswin, 'Have you seen Bertus lately?', she asked.

Goswin winked at the bear, and picked himself up off the floor.

'No, why? Does he have to repair something else that Dragnet has sat on?'

'No ... no. Just curious. I'm going there now. Are you coming?'

'Yes, he's invited me too ... as well as a few of the others. Captain Gold and Dragnet will be there, so something will no doubt break under the strain.' replied Goswin, smiling.

They walked through the school children and the director and out into the open air in front of the old town hall. Spring had come at last and mortals were dashing to and fro buying the groceries.

Plötzlich nahmen Goswin und Alwine am Himmel einen Schatten, der über sie hinwegflog, wahr. Als sie gegen die Sonne blinzelten, konnten sie eine dunkle Figur vorwärts und rückwärts fliegen sehen. Es war Dragnet! Captain Gold saß auf seinem Rücken und schrie die Tauben an.

Alwine konzentrierte sich und lockte die beiden nach unten. Ein paar Sekunden später konnte sie einen tiefen, dumpfen Aufschlag hinter sich hören. Sie waren gelandet.

„Dragnet und Captain Gold! Ist das alles, was ihr den ganzen Tag zu tun habt – nur herumfliegen und die Vögel erschrecken?"

Captain Gold grinste Alwine zwischen zwei riesigen Flügeln an.

„Ach, Alwine, wir haben doch nur ein bisschen Spaß."

„Tja, wie wäre es, statt die Vögel zu erschrecken, etwas wirklich Nützliches zu tun?"

Dragnet lächelt verschmitzt. „Letzte Nacht sind wir draußen herumgeflogen. Wir haben einige jugendliche Sprayer auf frischer Tat ertappt."

„ Und was habt ihr getan?", fragte Alwine.

„Wir haben einige ihrer Spraydosen aufgehoben und haben mit ihnen jongliert. Dadurch, dass sie uns nicht sehen konnten, sahen sie nur ihre Spraydosen wie durch Magie durch die Luft hüpfen. Ihr hättet ihre Gesichter sehen sollen. Das Letzte, was wir von ihnen gesehen haben, war, als sie nach Hause liefen, mit furchtsamen Gesichtern, nassen Schlüpfern und Rufen nach ihrer Mutter."

Zusammen wanderten sie durch die Stadt, hinaus aufs Land Richtung Oesbern. Bertus lebte unter der alten Berta, einer alten Eiche, direkt im angrenzenden Wald.

Als sie näher kamen, konnten sie durch das Küchenfenster Bertus sehen, der Tee eingoss. Er schaute auf: „Kommt herein, kommt herein!", grüßte er alle mit offenen Armen. „Es ist schön, euch alle wiederzusehen."

Sie gingen alle hinein, sogar Dragnet, der sich ein wenig durch die Tür quetschen musste. Dort saßen Hoot, Elfi und Bertus mit ihrem Tee um den Küchentisch. Sie sprachen über die Namen, die einige der alten Stadttürme, die seinerzeit die Stadt Menden schützen sollten, erhalten hatten. „ ... es gab einen Kumpeturm, einen Pulverturm und den Schmaleturm. Die sind aber unglücklicherweise über die Jahre alle verschwunden. Wir haben nur noch 3 Türme: Den Poenigeturm, den Teufelsturm und den Rentschreiberturm. Dieser war ein Teil des alten Schlosses."

„Bertus, wir haben gerade darüber gesprochen", ergänzte Alwine, „Ich bedauere immer noch, dass das Schloss in den siebziger Jahren des letzten Jahrhunderts abgerissen wurde."

„Nun, es war nicht wirklich ein repräsentatives Schloss, nur ein befestigtes Haus mit Türmen und einem Brunnen im Hof. Aber ja, du hast Recht, es ist ein

Suddenly a shadow passed overhead and, as Goswin and Alwine peered towards the sky, blinking at the sun, they could see a dark figure flying backwards and forwards. It was Dragnet with Captain Gold sitting on his back, shouting at the pigeons.

Alwine concentrated her thoughts and coaxed them down. A few seconds later, a deep resounding thud could be heard behind them. They'd landed.

'Dragnet and Captain Gold! Is that all you have to do all day—just fly around and scare birds?'

Captain Gold grinned towards Alwine from between Dragnet's two huge wings.

'Oh, come on Alwine, we were only having a bit of fun!'

'Well, instead of scaring the birds, how about doing something useful for a change!'

Dragnet smiled cheekily. 'We were out flying last night and we found a few young sprayers making a nuisance of themselves.'

'And what did you do?' asked Alwine.

'We picked up a few of their cans and began to juggle them in the air. Now, because they can't see us, all they saw was the cans bobbing up and down as if by magic! You should have seen their faces! The last we saw of them was when they ran back home, with terrified faces, wet pants and shouting for their mothers.'

Together they walked through the town, up across the countryside towards Oesbern. Bertus lived under the old Berta, an old oak tree in the woods just behind.

On arriving, they could see Bertus through the kitchen window, pouring out tea. He looked up. 'Come in, come in!' he greeted them all with open arms. 'It's good to see you all again.'

They all walked inside, even Dragnet who had to squeeze himself through the door.

Inside, Hoot, Elfi and Bertus were sitting drinking their tea around the kitchen table, discussing some of the names given to the old fortified towers around Menden's town centre.

'... There used to be the Kumpeturm, the Pulverturm and the Schmaleturm, but unfortunately they have all disappeared over the years. We still have three remaining towers, though; the Poenigerturm, the Teufelsturm or Devil's Tower, and the Rentschreiberturm or Bursary Tower which was part of the old castle.'

'We were just talking about that, Bertus,' added Alwine. 'I still think it's a great pity that it was demolished in the nineteen-seventies, though.'

großer Verlust für Menden; der Abriss eines solchen Gebäudes bedeutete auch den Verlust vieler winzig kleiner Rassen zur gleichen Zeit."

Bertus schaute in eine Runde erstaunter Gesichter. Alwine sprach als erste.

„Entschuldige, Bertus, ich verstehe das nicht! Was meinst du damit, dass eine bedeutende Zahl von winzigen Rassen ausgelöscht wurde? Willst du uns sagen, dass hier unter uns Arten leben, von denen wir nichts wissen?"

„Ja, genau. Sie sind klein, außerordentlich klein, aber sie existieren."

Goswin war beeindruckt, „Können wir sie sehen?"

„Oh, ja, wenn du genau genug schaust."

„Kannst du uns etwas mehr darüber erzählen?" Alwine war sehr neugierig, „Nimm bitte keinen Anstoß, Bertus, aber ich muss zugeben, dass es mir schwerfällt, dies zu glauben."

Bertus setzte sich zurück und dachte eine Weile nach.

„Hmmm .... Ich könnte euch eine kleine Geschichte von einer dieser Rassen erzählen. Ich hatte das Privileg, ihnen vorgestellt zu werden. Sie leben in einer Welt, die ein Spiegel unserer eigenen Welt ist."

Er schnippte mit den Fingern und der Raum wurde plötzlich dunkel. Bilder erschienen auf der Wand hinter Bertus. Zuerst waren sie ziemlich unscharf, aber nach einigen Augenblicken konnte man jemanden erkennen, der, mit einem Stift hinter das Ohr geklemmt, auf einer Terrasse saß. Bertus begann seine Geschichte zu erzählen und die Bilder fingen an sich zu bewegen. Seine Stimme brummte weiter, aber bald hörte sie sich weit entfernt an.

Man konnte Vögel singen hören.

Plötzlich hörte man ein lautes Krachen, als etwas auf den hölzernen Fußboden fiel!

'Well it wasn't really a grandeurous castle but simply a fortified house with towers and a well in the courtyard. Yes, you are right; it's a great loss for Menden, but demolishing such a building also wiped out a significant number of minute or tiny races at the same time.'

Bertus looked round all the puzzled faces. Alwine was the first to speak.

'Sorry Bertus. I don't understand. What do you mean, a significant number of minute races have been wiped out? Do you mean to say that there are races living around us that we don't know about?'

'Yes, exactly. They are small. Incredibly small, but they exist.'

Goswin was intrigued, 'And we can see them?'

'Oh yes. If you look closely enough.'

'Can you tell us a little more about these races?' Alwine was very curious indeed, 'No offence Bertus, but I must admit I find it very hard to believe.'

Bertus sat back and thought for awhile.

'Hmmmm ... I could tell you a little story of one race that I was privileged to be introduced to. They live in a world that is a mirror image of our own.'

He clicked his fingers and suddenly the room became dark. Pictures began to appear on the wall behind him. At first they were quite hazy, but after a while one could make out someone sitting on a patio, a pencil behind his ear. Bertus began to tell his tale and the pictures began to move. His voice droned on, but soon became quite distant. One could hear birds singing.

Suddenly there was a loud crunch as something fell onto a wooden floor!

Hier stellen sich einige der Hauptfiguren vor:

Alwine

Goswin

Nitram H. Tims
und Atiram, seine Frau.
Nitram H. Tims
and Atiram his wife.

Sir Archibald, der Polizist
Sir Archibald the policeman.

Mottley, ein Abenteurer,
und sein wahrer Freund Brevis
Mottley, an adventurer
and his true companion, Brevis.

Here are some of the main charactors in the story:

Bertus

Dragnet

Der Bürgermeister
The town mayor.

Mademoiselle Souflet,
die Besitzerin des Bay Willow
Mademoiselle Souflet,
the owner of The Bay Willow

Der Vermummte, ein echter
Gauner und sein Kumpel Trog,
ein rauer Pugnakrieger
The Hooded One, a real villain
and his companion, Trog,
a rogue Pugna warrior.

Nitram und Atiram

„Hat man jemals so ein Durcheinander gesehen?", kam es von hinter einem Stapel von alten Schlägern, Bällen und Büchern aus einem Raum im hinteren Teil eines kleinen Hauses am Stadtrand einer winzigen Stadt namens Nednem hervor.

Aber bevor der Besitzer dieser Stimme noch etwas sagen konnte, wurde er von Kopf bis Fuß unter einem Stapel verstaubter alter Zeichnungen, Bücher und Zettel, die auf dem obersten Brett eines Regals lagen, begraben, als die Befestigung nachgab.

„Nitram! Wo bist du?? Du Lümmel!", schrie die Stimme noch einmal, hustend und stotternd durch eine Staubwolke, die sich langsam durch das offene Fenster in den dahinter liegenden Garten ausbreitete. Draußen stand ein Mann, der nicht ganz sicher war, was er als Nächstes tun sollte. Es gab keinen Geschlechterkampf, andernfalls hatte Nitram seine Truppen schon verloren, bevor er sie überhaupt gemustert hatte. Seine Reaktion auf seine schlagfertige Frau war langsam. An seinem Schnurrbart zupfend und mit einem Blick von Hoffnungslosigkeit, der mehr als tausend Worte sagte, schaute er sich um und blickte zum offenen Fenster. Man sah einen kleinen und sehr zerkauten Bleistift, der versuchte, sich hinter seinem rechten Ohr zwischen Büscheln von unordentlichem rötlichen Haar zu verstecken. Sein Hemd und seine Hose schienen in dem gleichen Zustand zu sein! Unordentlich wäre eine Untertreibung, überall Farbkleckse und Klebstoff. Seine Sandalen waren gut eingetragen, aber seiner Meinung nach nicht ausgelatscht. Auf der Terrasse lagen Zettel verstreut, manche mit begonnenen Zeichnungen darauf, andere schon fast fertig. Sollte er das Lachen, das schon fast hysterisch in ihm aufkam, unterdrücken oder sollte er besser, wie die „Superhelden-Kleidervorschrift" es vorschreibt, seine Unterhosen über die Hose ziehen und durch das Fenster tauchen, um seine holde Jungfer aus ihrer Not zu retten? Er entschied sich Ruhe zu bewahren. Oder wäre Gelassenheit das bessere Wort?

„Was scheint denn dein Problem zu seinen, meine Teure?", fragte er, die Antwort schon wissend.

„Dein Zimmer ist mein Problem und ich wäre sehr froh, wenn du ... ". Bevor sie jedoch ausreden konnte, verlor ein weiteres Regalbrett den Kampf gegen die Schwerkraft und schickte noch eine Ladung Buntstifte, Schreibblöcke und Ölfarben auf die Reise in Richtung Fußboden, zusammen mit der nächsten Staubwolke. Nach Atem ringend, kletterte die Stimme in Richtung Fenster und spähte hinaus.

„Nitram! Nitram, wo bist du?", fragte sie nochmals.

Nitram and Atiram

'Have you ever seen such a mess?' came bellowing out from behind a pile of old bats, balls and books in a small room towards the back of a small house on the outskirts of a small town called Nednem. But before the owner of the voice could say any more, it was covered from top to bottom in a pile of dusty old drawings, books and papers that slid off the top shelf as the brackets holding it gave way.

'Nitram! ... Where are you ? ... You great oaf!!' cried the voice once more, coughing and spluttering through a cloud of dust that slowly began to spread through the open window and into the garden beyond.

Outside stood a man who was not quite sure what to do. There was no battle of the sexes; and even if there was, then Nitram had lost even before he

Der Eigentümer dieser Stimme war Nitrams Frau Atiram, eine Frau mittleren Alters mit blonden Haaren, sozusagen in ihren besten Jahren, bekleidet mit einer Schürze. Ihr ernst schauendes Gesicht blickte aus einer Hülle aus Staub und Spinnenweben hervor.

„Nitram H. Tims, wo steckst du?“, fragte sie nochmals.

Nitram stand direkt vor ihr, wohl wissend, dass, wenn sie seinen Namen so aussprach, er in Schwierigkeiten steckte. Aber er konnte nicht anders, als seine liebe Frau anzulächeln. Immer wieder versuchte sie ihn zu lehren selber aufzuräumen, ohne dass sie eingreifen musste. Trotzdem kam sie andauernd kontrollieren.

“Was machst du in meinem Arbeitszimmer, Liebling? Ich dachte, wir wären uns einig, dass ich es selbst aufräumen sollte!“ Er hatte ein altes Ablagesystem, auf das er schwor. Es hieß „Leg ab, wo Platz ist“. Aber aufgrund der Tatsache, dass sein Zimmer keinen Platz mehr hatte, wandte er das nächstbeste Ablagesystem an: „Leg ab, wo Platz war“.

„Ja, ich weiß“, sagte sie, „aber du scheinst niemals damit anzufangen und was wäre, wenn jemand hineingucken wollte? Das Stadtfest wird bald stattfinden und daher ist die Wahrscheinlichkeit, dass jemand dich besuchen möchte, noch größer, also würdest du bitte ... “

„Atiram, ich weiß, wo alles ist. Ich kann all meine Sachen finden, aber wenn du beschließt mein Zimmer aufzuräumen, dann scheint es mir, als würde ich überhaupt nichts mehr wiederfinden. Alles verschwindet einfach.“

„Kein Wunder, ich werfe eine Menge weg ... !“ Sie hatte noch nicht zu Ende gesprochen, da fiel ihr auf, dass es ein Fehler war, ihm das zu sagen. Es würde mit Sicherheit ihre Chance verschlechtern den „Nednems-beste-Hausfrau-des-Jahres“ Preis zu gewinnen. Sie sah ihn an und Nitram schaute entgeistert zurück.

Nach ein paar Schweigesekunden brach ein Streit aus darüber, wer entscheiden sollte, was wegzuwerfen ist und was nicht. Es hätte sicherlich mehrere Stunden dauern können, wenn nicht die Organisatoren für das Stadtfest unterwegs gewesen wären, um nach freiwilligen Helfern zu suchen und genau in dem Moment um die Hausecke bogen, als ein Blumentopf unfreiwillig die erste Flugstunde nahm.

„Nitram, Atiram, wie schön, dass wir euch an einem so schönen Tag wie heute zu Hause treffen. Ja, es gibt keinen besseren Ort als daheim und keine Freude ohne Schmerz ... “, sagte ein stämmiger, kleiner Mann mit roter Nase, sich vor dem vorbeifliegenden Blumentopf duckend. Er trug eine ziemlich schrille, bunte Weste und eine Fliege und schien Wörter und Sätze in einer ungeheuren Geschwindigkeit auszusprechen. „ Gerade eben habe ich noch zu meinem Kollegen gesagt, dass Nitram immer ein williges Pferd war und sicherlich nur darauf wartet bei der ... “

had time to muster his troops. He was a little slow at reacting to his quick-witted wife. With a twitching moustache and a look of despair that said more than a thousand words, he peered towards the open window. One could see a small, badly bitten pencil trying to hide behind his right ear, balancing between tufts of untidy red hair. His shirt and trousers seemed to be in the same state; untidy would be an understatement, with bits of paint and glue all over them. His sandels were well worn, but not worn-out in his opinion; and lying all over his patio were pieces of paper, some partially drawn on and some almost finished.

Should he surpress this great gurgle of laughter that arose almost hysterically or should he put his underpants over his trousers in accordance with all 'super-human-hero-dress-codes' and dive through the window to save his damsel in distress? He decided to stay calm. Or would placid be a better word?

'What seems to be your problem, my dear?' he asked, knowing the answer already.

'Your room is my problem and I'd be happy if you ... ' but before the voice had finished its sentence, another bracket lost its fight against gravity and sent yet another load of colouring pencils, writing pads and oil paints hurtling towards the floor, sending yet again another cloud of dust out through the window towards Nitram. Gasping for breath, the voice climbed towards the window and peered out.

'Nitram! ... Nitram, where are you?'

The owner of the voice was Nitram's wife, Atiram, a middle-aged woman in the prime of life, with blond hair and a pinny. Her stern-looking face squinted from under a coating of dust and cobwebs.

'Nitram H. Tims ... Where are you?' she asked again.

Nitram stood directly in front of her, knowing full well that when she said his name like that he was in trouble. But he couldn't help smiling at his dear wife; she was always trying to teach him to clean his workroom himself, without her interference, but she always had to come and check.

'What are you doing in my workroom, dear? I thought we had agreed that I alone should clean it!' He had an old filing system that he swore by, it was called 'Put-it-where-there-is-room'. But due to the fact that his room had no room left, he applied the next best filing system which he named 'Put-it-where-there-used-to-be-room'.

'Well yes, I know,' she said 'but you never seem to start and what if someone looks in? The town celebrations will soon be taking place and the possibility that someone will look in is even greater ... so would you please ... '

„Aber ... ", begann Nitram.

„ ... Vorbereitung und Organisation unseres Stadtfestes mithelfen zu dürfen. Und weil es immer besser ist zu geben, als zu nehmen, dachten wir, Atiram ... "

„Aber ... ", begann Nitram noch einmal.

„ ... wird sicherlich erfreut sein, zu hören, dass ihr Ehemann sich in unserer schweren Stunde freiwillig gemeldet hat und wir uns darüber freuen, dass Nitram einer unserer wahren ... "

„Herr Bürgermeister!!!", rief Nitram. Seine Frau sah ihn an, mit einem Blick der stillen Bewunderung. Der Bürgermeister stand da, sprachlos mit geöffnetem Mund und einem Blick, der sagen wollte: Wie können Sie es wagen!

„Herr Bürgermeister! Verzeihen Sie, dass ich Sie unterbreche, aber es tut mir Leid, ich habe nicht viel Zeit übrig im Moment ... "

„ ... um alles zu organisieren?", unterbrach ihn der Bürgermeister und versuchte die Situation im Griff zu behalten. „Aber, mein lieber Nitram, das wäre für Sie doch viel zu viel. Aber keine Sorge, denn gäbe es keine Wolken, dann gäbe es auch keinen Grund, sich über die Sonne zu freuen. Wir werden alle da sein, um zu helfen. Nun zu Ihnen, Atiram ... "

„Nein, leider habe ich überhaupt keine Zeit irgendetwas zu organisieren, wissen Sie! Ich muss Bilder malen, ein Nebengebäude bauen, wenn die Stadt mir eine Baugenehmigung erteilen würde, meinen Garten pflegen und darüber hinaus hat Atiram mir auferlegt, mein Zimmer aufzuräumen, oder zumindest was davon übrig ist!"

Atiram bedachte ihn mit einem bösen Blick.

Der Bürgermeister überhörte den Hinweis mit der Baugenehmigung und wollte eigentlich sagen, dass sein Arbeitszimmer überhaupt nicht unordentlich aussah, aber, nachdem er Atirams bösen Blick, der über das Fenstersims schaute, sah, entschied er sich es nicht zu erwähnen. „Nun, Nitram, keine überhasteten Ablehnungen. Viele Hände machen die Arbeit leicht! Wir alle haben unsere Pflichten und Sie haben Ihre. Ich erwarte Sie bei dem Treffen um acht Uhr heute Abend, also keine Verspätung!" Er kicherte und bevor Nitram noch etwas erwidern konnte, hatte der Bürgermeister seine Hand geschüttelt und auf dem Absatz kehrt gemacht. Seine Begleiter folgten hinterher.

Nitram und Atiram standen da und rangen um Atem, nach Luft schnappend wie Goldfische, bevor sie merkten, dass der Bürgermeister es wieder einmal geschafft hatte.

„Immer werde ich in etwas hineingedrängt", bemerkte Nitram mit einem verwirrten Blick in seinen Augen.

„Du wirst nicht hingehen, bevor du nicht dein Arbeitszimmer aufgeräumt hast! Ich gehe jetzt und bereite unser Essen vor und ich möchte, dass du jetzt

'Atiram ... I know where everything is. I can find all my things ... but when you decide to clean my room I never seem to find anything anymore—things seem to vanish.'

'No wonder, I throw a lot away ... !' she realized that it was a mistake to tell him that as the last word left her mouth. It would certainly lessen her chances of receiving the 'Nednem's-best-wife-of-the-year-award.' She looked towards him and Nitram looked back at her, aghast. There was silence for a few seconds; then an argument erupted about who should decide what is to be thrown away and what not.

This would have gone on for hours, as the Tims family are very good at arguing, if it weren't for the fact that the organisers of the town celebrations were doing their rounds, looking for volunteers to help. They came round the corner of the house just as a flower pot unwillingly began its first flying lesson.

'Nitram, Atiram how lovely to catch you in on a lovely day such as today. Yes there's no place like home and no pleasure without pain,'said a small stocky red-nosed man, ducking the unhappy flowerpot as it flew past. He had a rather overpoweringly colourful waistcoat and bow-tie and seemed to rattle off words and proverbs at a tremendous speed. ' And I was just saying to my dear colleague that Nitram has always been a willing horse and will be surely wanting to help in the ... '

'But ... ' Nitram began.

' ... organising of our town celebrations and because it is better to give than to take, we thought that Atiram ... '

'But I ... ' began Nitram yet again.

' ... will surely be delighted that her husband has volunteered to help us in our hour of need and we are pleased that Nitram is one of our true ... '

'Mayor!' shouted Nitram, and his wife turned towards him with a little smile of admiration.

The mayor stood with his mouth open and looked at Nitram as if to say—How dare you!

'Mayor! I'm sorry to interrupt you, but I'm afraid I don't have too much time to spare at the moment.'

'To organise everything?' interrupted the mayor, trying to keep a hold on matters. 'But my dear Nitram, that would be too much for you, but don't worry because if there were no clouds, we should not enjoy the sun and we will all be there to help. Now to you, Atiram ... '

'No I'm afraid I don't have any time to organise anything at all. You see, I have pictures to paint, an outhouse to build—if the town would give me plan-

anfängst!“ Atiram putzte sich den Staub aus ihrer Kleidung und verschwand Richtung Küche, in sich hineinmurmelnd.

Nitram blickte durch das Fenster in sein Arbeitszimmer und stimmte seiner Frau zu: Ja, es war eine wirkliche Sauerei! Es sah aus wie nach einer Plünderung. Er kicherte und knabberte an dem ausgelutschten Ende seines Bleistiftes. Dann setzte er sich müde auf seinen Lieblingszeichenstuhl, legte seinen Kopf in seine schwieligen Hände und begann, während er über den Garten blickte, zu träumen. Es war schon fast Frühling und der Garten lag dort ruhend, bis auf die eine oder andere Blume, die es wagte, den Kopf skeptisch aus der Erde zu erheben, als ob sie fragen wollte, „Muss ich schon so früh aufstehen??“ Nitram überlegte, ob er anfangen sollte, sein Zimmer aufzuräumen, doch bevor er sich entschieden hatte, fiel er mit einem schlechten Gewissen in einen faulen Schlaf. Ja, Arbeit war manchmal wirklich so bedeutungslos.

Das Büro des Bürgermeisters

Das Büro des Bürgermeisters war ein großer, ansehnlicher Raum mit bedeutenden Verdienstabzeichen überall an den Wänden, natürlich von ihm selber unterzeichnet. Zwischen Gemälden von berühmten Bürgern Nednems standen Statuen mit Kostümen aus fernen, unterschiedlichsten Ländern. In der Mitte der Wand, die der Tür gegenüberlag, stand ein großer mit Leder bespannter

ning permission; a garden to care for and on top of all that Atiram has told me to clean my workroom, or what's left of it!'

Atiram gave him a dirty look.

The mayor ignored the hint on the planning permission and wanted to say that his workroom didn't look too dirty but, noticing Atiram's dirty face peering out over the window ledge, decided not to.

'Now, now, Nitram. No hasty rejections. Many hands make light work! We all have our duties and you have yours. I'll expect you at the meeting this evening at eight, so don't be late!' he chuckled and, before Nitram could say any more, the mayor had shaken his hand and turned on his heels with his fellow friends chuckling behind him.

They stood gasping for breath and mouthing like goldfish for a number of seconds before realizing that the town mayor had done it again.

'I always get pushed into it.' Nitram remarked with a dizzy look in his eyes.

'Not before you've finished cleaning your workroom, you won't. Right, I'm off to prepare lunch and I want you to start now please!' Atiram dusted herself off and disappeared into the kitchen, muttering to herself.

Nitram peered through the window into his workroom and had to agree with his wife—yes it was a bit of a mess. It looked as if he'd been ransacked; he giggled to himself and licked the worn stub of his pencil. He sat down wearily on his favourite drawing stool, placed his head into his callused hands and, looking down across his garden, began to daydream. It was almost spring and the garden lay dormant except for the occasional flower budding here and there, a sceptical head protruding from the earth as if to ask—do I really have to get up this early?

Nitram was wondering whether he should begin to clean his workroom but, before he could decide, slid with an uneasy conscience into a lazy sleep. Yes, work was sometimes so insignificant.

The Mayor's Office

The mayor's office was a large, gracious-looking room with distinguished plaques of merit, signed by himself of course, scattered around the walls. Between paintings of famous Nednem citizens there were statues in costumes from far-away and different lands. In the middle of the farside wall there was a large leather chair and an oak desk full of papers and quills. Adjacent to it

Sessel hinter einem Schreibtisch aus dunkler Eiche, der überladen war mit vielen Stiften und Unterlagen. Daneben standen ein paar Reihen hölzerner Bänke. Auf jeder Seite waren große Eichentüren mit rustikalen Balken darüber.

Normalerweise war dies ein ziemlich ruhiger, muffig riechender Raum. Die einzigen Geräusche, denen man lauschen konnte, machten die Vögel, die zwischen den Granitblöcken über den altertümlichen Fenstern nisteten, sowie das eine oder andere gelegentliche Schnarchen eines überarbeiteten Bürgermeisters, der wieder eines seiner vielen Nickerchen machte. Aber heute war dieser Raum erfüllt von lauten Stimmen, ein Schmelzkessel von aufgeregten, spitzfindigen Männern, wobei einer versuchte lauter und höher als der andere zu schreien. Es war eine Versammlung von rotgesichtigen Geschäftsleuten, von denen jeder gehört werden wollte. Für die, die mit der politischen Vergangenheit von Nednem nicht vertraut sind, muss man erklären, dass jeder das Recht hat zu sprechen und gehört zu werden, solange er der Bürgermeister ist. Für jeden anderen galt es zu gehorchen.

Plötzlich ging die Tür auf und der Bürgermeister betrat den Raum. Er schüttelte dreißig Leuten die Hand und informierte sie über das Wohlbefinden seiner Frau. Dreißigmal erklärte er, er erfreue sich bester Gesundheit, bevor er endlich seinen Schreibtisch erreichte. Verstohlen wischte er sich den feuchten Schmutz von seiner Hand.

„Nun, meine Herren, bitte, meine Herren! Was ist denn das Problem?“, fragte er, während er seine Jacke auszog und sich auf seinen Ledersessel, der wegen seines Gewichts extra für ihn verstärkt worden war, setzte. Seine Augen wanderten über die Menge gequält dreinschauender Gesichter. Sie gehörten den reichsten und mächtigsten Menschen aus Nednem und alle sahen sehr besorgt aus. Niemand schien die Courage zu haben zu antworten, bis ein kleiner Mann namens Jürgen Von den Hinter-

were a few rows of wooden benches, and on either side were large oak doors with rustic beams above them.

Normally it was a rather quiet, musty-smelling place, the only sounds being the birds nesting between the granite fixtures above the ancient windows that soared high overhead, and maybe a snore or two from an overworked mayor as he took one of his many daily naps. But today it was filled with a loud bustle of voices, a melting pot of excited men, quibbling, each one trying to shout louder and higher than the rest. It was a gathering of stern red-faced businessmen, all wanting to be heard. For those unacquainted with Ned-nem's political pastimes, this was a free for all, as long as you were the mayor. For everyone else it was 'toe the line'.

Suddenly the door opened and the mayor walked in, shook thirty pairs of hands; thirty times he informed them of the well-being of his dear wife, and thirty times he informed the enquirer of his good health before he, at last, ar-rived at his desk, furtively wiping the moist sweat from his hand.

'Now, now, gentlemen, please! What seems to be the problem?' asked the mayor, taking off his coat and sitting down on his leather chair that had been specially reinforced to cope with his overlarge weight. His eyes wandered round the crowd of anguished faces. They belonged to the richest and most powerful townsfolk from Nednem and all looked extremely worried. No-one seemed to have the courage to answer, until a small man called Von den Hin-terhöfen, the shoemaker, was literally pushed forward to tell the mayor and his contingent of followers what was going on. He leaned forward as if in a witness stand and, as he spoke, turned his head towards the mayor and then towards the assembly as if they were a jury.

'Sir, it's a bad day for Nednem, yes a bad day indeed.' He began to watch the mayor's smiling face. His hands began to twiddle nervously with his hat.

'What's the matter? Is there an outbreak of scarlet fever, chicken pox, whooping cough, mumps, measles and the bubonic plague? Or has my holi-day been cancelled? Or has the Archbishop lost one of his collectable Bibles?' The mayor had mirth written all across his face. Von den Hinterhöfen wasn't quite sure who the Archbischop was and continued. 'Sir, we are all brave, God-fearing, hardworking townsfolk, sir, and we have always been law-abid-ing people that have ... '

'Speak the truth and shame the devil, so come to the point, Von den Hinter-höfen!' growled the mayor, his smile disappearing fast. He began to pat the dust off his hat that lay on the desk in front of him. He took a cup of tea from a male secretary's shaking hands.

'Yes sir. It's hard to tell the whole story because we don't know it, we can

höfen, der Schuhmacher, im wahrsten Sinne des Wortes dazu bewegt wurde, dem Bürgermeister und seiner Gefolgschaft zu erzählen, was los sei. Er lehnte sich, wie in einem Zeugenstand, nach vorn. Als er sprach, drehte er seinen Kopf abwechselnd zum Bürgermeister und zur Menge, als müsse er eine Jury überzeugen.

„Herr Bürgermeister, es ist ein schlimmer Tag für Nednem. Ja, ein wirklich schlimmer Tag", begann er. Er beobachtete das grinsende Gesicht des Bürgermeisters. Seine Hände begannen nervös mit seinem Hut zu spielen.

„Was ist los? Gibt es Scharlach, Windpocken, Keuchhusten, Mumps, Masern oder die Beulenpest? Oder wurde mir der Urlaub gestrichen? Hat der Erzbischof eine Bibel aus seiner Sammlung verloren?" Dem Bürgermeister stand die Freude über das ganze Gesicht geschrieben. Von den Hinterhöfen war sich nicht sicher, wer der Erzbischof war und machte weiter.

„Herr Bürgermeister, wir alle sind mutige, gottesfürchtige und hart arbeitende Bürger und immer waren wir gesetzestreue Menschen, die immer ... "

„Vergiss den Teufel und sprich die Wahrheit! Komm auf den Punkt, Hinterhof!", grummelte der Bürgermeister. Das Lachen verschwand von seinem Gesicht. Er fing an, den Staub von seinem Hut zu putzen, der auf dem Tisch vor ihm lag. Von einem Sekretär nahm er eine Tasse Tee entgegen.

„Ja, Herr Bürgermeister, es ist schwer die ganze Geschichte zu erzählen, weil wir sie nicht genau kennen. Wir können nur spekulieren, was passiert ist, aber die Wahrheit wird vielleicht nie herausgefunden. Es ist so schwer ... "

„Jürgen Von den Hinterhöfen!!", brüllte der Bürgermeister noch einmal und zeigte jedem im Raum seine Goldzähne. „Schalt doch deinen Grips ein und komm zum Punkt!!"

„Jawohl!", antwortete dieser brav. Übermäßig schwitzend schaute er sich im Raum nach Absicherung um. Alle nickten Zustimmung. „Es ist die „Uhr mit Kette", Herr Bürgermeister. Sie ist verschwunden!"

Ein Murmeln ging durch den Raum, bis es von der Hand des Bürgermeisters unterbrochen wurde, als sie auf den massiven Schreibtisch knallte und jedermann einen Schrecken einjagte. Die Teetasse überlegte, dass es wohl Zeit für einen Wechsel sei, sprang vom Tisch auf den Boden und tauchte Von den Hinterhöfens Hosenbein in eine Teeflut.

Eine stille Pause.

Der Bürgermeister rief: „Von den Hinterhöfen, mach keine dummen Witze, wer würde unsere „Uhr mit Kette" klauen?" Er versuchte zu lächeln und hoffte, dass sie nur scherzen würden. Zu seinem Missfallen musste er jedoch feststellen, dass niemand lachte. Die folgende Stille war unerträglich. Die „Uhr mit Kette" war der Stolz und die Freude der ganzen Stadt. Alle umliegenden Dörfer

only speculate about what has happened, but the truth may never be known, so it's hard ... '

'Von den Hinterhöfen!!' bellowed the mayor once more, showing everyone in the room his gold inlays. 'Let not your wits go wool-gathering and GET TO THE POINT!!'

'Yes, sir,' sweating profusely, the man looked around for reassurance and they all nodded their agreement. 'It's the "Watch and Chain", Sir. It's gone!'

A murmur went round the room until it was broken by the mayor's hand slamming onto the solid desk, making everyone jump. His teacup decided it was time for a change and bounced off the table onto the floor, sending a wave of tea over Von den Hinterhöfen's trouser leg.

There was a silent pause.

'Von den Hinterhöfen, don't be silly! Who would want to steal our "Watch and Chain"?' he smiled or at least tried to. He hoped that they were joking but, to his dismay, noticed that no-one seemed to be laughing. The silence that followed was unbearable. The 'Watch and Chain' was the town's pride and joy. The nearby towns around Nednem were all jealous of its beauty. The mayor looked around the table once more.

'Are you sure?' The curious mayor stood up and stomped to the window, his limited patience obvious.

In the middle of the town square where the 'Watch and Chain' normally stood, a group of townsfolk stood looking at each other dismally. After a few seconds, the mayor turned back to the room, his face turning a deeper shade of red than it normally was. His nose was shining like a beacon.

'Ill news comes apace! Was it Grebnednörf or was it Egrab?' he murmered with a deep, trembling voice.

'No, Sir. We have already asked the neighbouring towns,' replied Von den Hinterhöfen, shaking his dripping leg.' ' ... and they know nothing. We've also sent Henry Van de Bloemen, the baker, to see if they are hiding it, but ... '

'No-one can hide it, Von den Hinterhöfen, it's too big. No-one can steal it either, Von den Hinterhöfen, it's too heavy!'

'But it's not there, sir!!'

'I KNOW, VON DEN HINTERHÖFEN!' the mayor's bottom lip was trembling, he looked dismal and even his double chin began to shiver at his own thoughts.

'Only a powerful giant could have carried it away!'

'What powerful giant?' asked Sir Archibald, the policeman, suddenly coming to life. His broad shoulders cast shadows over the few standing next to him. The wings on either side of his helmet were flapping as if attempting to take off!

waren neidisch auf ihre Schönheit. Der Bürgermeister schaute sich noch einmal um. „Seid ihr sicher?“ Vorsichtig stand er auf und stampfte mit einem eingeschränkten Vorrat an Geduld zum Fenster. In der Stadtmitte, wo die „Uhr mit Kette“ normalerweise stand, wartete eine Gruppe von Einwohnern und starrte sich ungläubig an. Nach ein paar Sekunden wandte sich der Bürgermeister wieder zu den Besuchern. Sein Gesicht war noch röter als sonst. Seine Nase leuchtete wie ein Signalfeuer.

„Schlechte Nachrichten kommen schnell ... War es Grebnednörf oder Egrab?“, murmelte er mit einer tiefen, zitternden Stimme.

„Nein, Herr Bürgermeister. Wir haben die umliegenden Städte schon gefragt“, erwiderte Von den Hinterhöfen und schüttelte sein tropfendes Bein. „Wir haben auch Henry van de Bloemen, den Bäcker, geschickt, um nachzuschauen, ob sie sie irgendwo verstecken.“

„Niemand kann sie verstecken, Hinterhöf, sie ist zu groß. Noch kann sie jemand stehlen, sie ist zu schwer!“

„Aber sie ist nicht da, Herr Bürgermeister!“

„ICH WEISS, VON DEN HINTERHÖFEN!“, schrie der Bürgermeister. Seine Unterlippe zitterte. Er schaute bedrückt und sogar sein Doppelkinn fing bei seinen Gedanken an zu zittern.

„Nur ein mächtiger Riese könnte sie entwendet haben!“

„Was für ein Riese?“, fragte Sir Archibald, der Polizist. Seine breiten Schultern zogen Schatten über die wenigen, die neben ihm standen. Die Flügel auf den beiden Seiten seine Helms begannen zu schlagen, als ob sie abheben wollten.

„Wenn ich das wüsste, wäre ich der Polizist und du der Bürgermeister!“, zischte er. „Es ist deine Aufgabe, sie zu finden. Sir Archibald, also was ist dein Plan?“

Das Treffen dauerte noch Stunden lang an, bis man zu dem Schluss kam, dass jemand von außerhalb die „Uhr mit Kette“ gestohlen hatte.

„Nur ein dummer Vogel beschmutzt sein eigenes Nest. Aber jemand muss gehen und sie wiederfinden. Sir Archibald muss in Nednem bleiben!“, schrie der Bürgermeister, der, zu Sir Archibalds Erleichterung, seine Meinung geändert hatte. „Er ist der einzige Polizist, den wir haben. Daher brauchen wir einen Freiwilligen, einen mutigen Mann, der sich für das Wohl seiner Mitbürger aufopfern würde. Fußabdrücke im „Sand der Zeit“ werden nicht durch Sitzen gemacht.“ Er hielt inne und wischte sich den Schweiß aus dem Nacken und von seinem Doppelkinn. Jeder schaute einen anderen an.

„Aber wen?“, fragte Mademoiselle Souflet vom hinteren Ende der Menge und alle begannen zu nicken.

„Genau, wer soll es sein?“, wiederholte Von den Hinterhöfen und fügte mit einem Funkeln in den Augen hinzu: „Und wo würde er nachschauen? Es kann

'If I knew that, then I'd be the policeman and you the mayor!' he hissed. 'It's your job to find it, Sir Archibald, so what's your plan?'

The meeting went on and on for hours until they came to the conclusion that someone outside of Nednem had stolen it.

'It's a foolish bird that soils his own nest. But someone will have to go out and find it. Sir Archibald must stay in Nednem!' cried the mayor who, much to Sir Archibald's relief, had changed his mind ' ... as he is the only policeman we have. We therefore need a volunteer, a brave man who would sacrifice everything for his fellow townsfolk. Footprints on the sand of time are not made by sitting down.' He paused, wiping the sweat from the back of his thick neck and his double chin. Everyone looked at each other.

'But who?' asked Mademoiselle Souflet from the back of the crowd and everyone began to nod.

'Yes who?' repeated Von den Hinterhöfen and then, with a sparkle in his eye ' ... and where would he look? It can only be someone strong enough to go into the Unrealworld, because we presume that is where it's gone to!'

'We presume?' whispered Sir Archibald under his breath, and peered over towards Von den Hinterhöfen with a puzzled look on his face. 'What a strange conclusion to make!'

The remaining people shuddered at this mention of the Unrealworld.

A tense silence hung over the solemn gathering. No-one was really sure if the Unrealworld existed. The stories of giants from the Unrealworld had been passed down from father to son for as long as time itself; and to prove if the stories were indeed true, one would have to go through the 'Threshold', the door to the Unrealworld. However, no-one had dared since Mottley disappeared through it years ago.

The mayor pulled himself together and turned to the crowd: 'Now come on, my dear friends—from the sublime to the ridiculous is but a step! You don't mean to tell me that you believe a giant from the Unrealworld had entered our town and stolen our "Watch and Chain", do you? I think you are all going too far!' But as the discussion continued, it became clear that everyone was sure the disappearance had something to do with the Unrealworld.

Time was getting on and the atmosphere was cold and miserable. After a spell of arguing and bickering, the mayor stood up and began to pace the office floor, back and forth. One by one the townsfolk fell silent and watched the mayor in anticipation.

'All right,' he began 'Fortune favours the bold. If you are so sure, then we must look for our "Watch and Chain" in the Unrealworld. But who will take the risk of going through the Threshold? I fear we won't find anyone who ... '.

nur jemand sein, der stark genug ist, in die nicht-reale Welt zu gehen, weil wir vermuten, dass das der einzige Ort sein könnte, wo sie ist!"

„Wir vermuten das?", flüsterte Sir Archibald und blickte Von den Hinterhöfen mit einem verwirrten Gesichtsausdruck an. „Was für eine komische Schlussfolgerung!"

Die übrigen Menschen schauderten beim Gedanken an die nicht-reale Welt. Eine gespannte Stille hing über dieser ernsten Versammlung. Niemand war sich wirklich sicher, ob die nicht-reale Welt wirklich existierte oder nicht. Geschichten über Riesen aus der nicht-realen Welt waren über Generationen weitererzählt worden und um zu beweisen, ob sie wirklich der Wahrheit entsprachen, musste man durch eine Tür gehen, die auch „die Schwelle" genannt wurde. Aber seit Mottley vor Jahren dadurch verschwunden war, hatte es keiner mehr versucht. Der Bürgermeister riss sich zusammen und drehte sich zu den Menschen in seinem Arbeitszimmer um. „Nun kommt schon, Freunde, vom Erhabenen zum Lächerlichen ist es nur ein Schritt. Ihr wollt mir nicht wirklich weismachen, dass ein Riese aus der nicht-realen Welt in unsere Stadt gekommen ist und unsere „Uhr mit Kette" gestohlen hat. Ich glaube, ihr seid alle zu weit gegangen!" Aber als die Diskussion weiterging, wurde klar, dass jeder sicher war, dass es etwas mit der nicht-realen Welt zu tun hatte.

Die Zeit verging und die Stimmung wurde schlechter und schlechter. Nach ermüdendem Streit und Zankerei stand der Bürgermeister auf und ging in seinem Zimmer auf und ab. Einer nach dem anderen wurde still und beobachtete den Bürgermeister.

„In Ordnung", begann er, „das Glück ist mit den Dummen! Wenn ihr so sicher seid, dann müssen wir „unseren Stolz" in der nicht-realen Welt suchen. Aber wer will das auf sich nehmen und über die Schwelle gehen? Ich befürchte, dass wir keinen finden werden, der ... ". Er hielt plötzlich inne, hörte seinem Sekretär zu, der ihm leise ins Ohr flüsterte und fing an zu grinsen.

„Man sollte niemals engstirnig und mit Vorurteilen belastet sein", dachte er laut. Er hatte die Antwort gefunden. Eine schnelle und effektive Lösung des Problems, dachte er. Vor Aufregung zitternd warteten die Leute auf eine Antwort. Der Bürgermeister blieb gelassen wie immer und begann langsam zu sprechen.

„Meine Damen, meine Herren. Ich weiß, wer gehen könnte: Nitram!" Mit Feuer in der Stimme fuhr er fort: „Ja, und dafür wird Nitram seine Baugenehmigung erhalten!"

Nickend stimmte man zu, Schulterklopfen! Ja, dachten sie, Nitram war die offensichtliche Wahl. Er würde es tun! Nitram würde über die Schwelle gehen und den Stolz von Nednem wiederfinden.

He stopped suddenly, listening to his secretary who was whispering in his ear. Then he began to smile.

'One should never be narrow-minded and prejudiced!' he thought out loud. He had found an answer, a prompt and effective solution to the problem at hand, he thought.

Spellbound and quivering with excitement, the crowd waited with shuffling feet and abated breath. The mayor kept his cool and began to speak slowly and surely.

'Ladies and gentlemen. I know who could go—Nitram!' continuing with fire in his voice: 'Yes, and Nitram will also be granted his planning permission!'

Everyone nodded in agreement, patting each other on the back. Yes, they thought, Nitram was the obvious choice. He would do it. Nitram would go through the Threshold and recover the 'Watch and Chain', the pride of Nednem!

Trog

Der Nebel waberte um den Umhang einer großen, altertümlichen Statue, als Trog sich in Richtung einer kleinen Baumgruppe bewegte. Kein Geräusch konnte man, bis auf den Wind in den Bäumen, vernehmen.

War er der unbelehrbare Schurke oder der Bösewicht aus dem Stück?

Der Mann stoppte, als würde er auf ein Zeichen lauschen. Seine Blicke schossen durch die dunkle, dunstige Lichtung hinter der Baumgruppe. Aber nichts und niemand konnte gehört oder gesehen werden. Er stand still und wartete ab, seine Augen anstrengend, um durch den Nebel sehen zu können.

Er ließ einige Grunzelaute von sich und setzte sich an einem Baum hin. Der Baum gab leicht unter seinem Gewicht nach. Er nahm seinen Helm ab und legte ihn zu seinem schweren Doppelhandschwert, einem sogenannten Olkschwert, neben sich auf den feuchten Boden. Sein Körper war muskelbepackt und er war nassgeschwitzt. Er trug eine Lederweste und eine zerschlissene Hose. Er war so groß, dass man ihn in einer Menschenmenge nicht gesehen hätte, weil er die Menge wäre. Aber nichtsdestotrotz war das Ungewöhnlichste an ihm sein Kopf: mit einem dünnen, breiten Mund mit zwei Reihen vieler kleiner Zähne, einer runzligen, gebräunten Haut und einem kleinen Horn, das von seiner Stirn abstach. Über seiner kleinen Stupsnase waren zwei nadelstichgroße Löcher, die man in der Regel als Augen bezeichnet.

Langsam fühlte sich diese mächtige Gestalt schläfrig und seine winzigen Augen fielen zu.

Es war ein langer Marsch hierher gewesen und eine Mütze voll Schlaf wäre sehr angenehm. Aber der Traum, der ihm schon entgegenkam, musste warten, weil sich plötzlich eine Stimme neben seinem rechten Ohr erhob.

„Wehe, wenn du einschläfst!“, grollte die Stimme und der Riese sprang auf die Beine, schnappte nach seinem Schwert und stellte fest, dass es fehlte.

„Trog, du bist zu spät!“, sagte die vermummte Gestalt, die das fehlende Schwert in der Hand hielt. Es war ein großes, schweres Schwert, aber die vermummte Gestalt hielt es hoch, als ob es nur ein Pappschwert wäre. Obwohl diese Gestalt kleiner war als Trog, konnte man trotzdem sehen, dass sie sehr gut gebaut war.

„Ich mag es nicht, wenn man mich warten lässt.“

Der Riese namens Trog knurrte, als er sein Schwert unter seinem Kinn spürte. Er hatte das Gehirn einer Taube, doch wusste er, wann er den Mund zuhalten und zuhören sollte. Nach ein paar Sekunden senkte der Fremde das Schwert und warf es auf den Boden.

„Verspäte dich nicht noch einmal! Nun, wer hat Mottleys ‚Werkzeuge'?“ Der

Trog

The mist swirled around the cloak of a massive, ancient figure as he moved towards a small copse of trees. Not a sound could be heard except the breeze through the leaves.

Was he the incorrigible rogue or villain of the piece?

The figure stopped as if listening for something or looking for a sign; his eyes darting around the dark and damp clearing beyond the copse. But nothing and no-one could be heard or seen. He stood still and waited, straining his eyes to see through the mist.

With a number of small grunts, he sat down against a tree, letting out a small tremour as the tree began to bend under his weight. He took off his helmet and placed it together with his heavy twin "Olk" sword next to him on the moist ground. Then he took off his rough leather gloves and pushed them behind the leather belt around his waist. His body was muscular and wet with sweat. He wore a leather vest and ragged trousers, and he was so large that you wouldn't see him in a crowd because he was the crowd.

But the most unusual part of him was in fact his head with its thin, wide mouth that opened on two rows of small teeth, wrinkly brown skin and a small horn protruding from his forehead.

Above his small, stubby nose was a set of small pinprick holes that one could call eyes.

Gradually the massive figure began to feel dozy and his tiny eyes began to close; it had been a long march here and 'forty winks' would be delightful, he thought. But his dream-filled nap had to wait, because suddenly a voice erupted next to his right ear.

'Don't you dare go to sleep!' the voice roared and the giant scrambled to his feet, reaching for his sword only to find it missing.

'Trog, you're late!' said the hooded figure standing with the missing sword in his hand. It was a very large, very heavy sword, but the hooded figure seemed to hold it up as if it was made of paper. Even though this figure was smaller than Trog, one could still see that he was very well built.

dunkle Riese schaute auf seine Füße, murmelte etwas und schüttelte seinen Kopf. „Warum weißt du es nicht? Ich habe dir aufgetragen, es für mich herauszufinden! Du bist durch Nitrams Arbeitszimmer gegangen, nicht wahr?" Trog knurrte. „ Und du hast nichts gefunden???", schrie er. Aber Trog schüttelte wieder nur den Kopf und knurrte noch einmal.

„Also ... wurdest du von seiner Frau gestört? Du dämlicher Tölpel! Also, wo hast du die „Uhr mit Kette" versteckt?"

Trog hob seinen Kopf noch einmal und man konnte einige unbeschreibbare Laute von ihm hören. Um seine Sprache zu sprechen, schien es, musste man sehr starke Halsschmerzen haben!

Der Vermummte schien verstanden zu haben und bellte zurück:

„Bei deinem Bruder? Ich hoffe, du hast sie gut versteckt, sonst koche ich dich lebendig!"

Der Riese nickte schnell.

„Nitram wird bald in die nicht-reale Welt aufbrechen", fuhr die Gestalt fort. „Ich möchte, dass du ihm folgst, aber mach es unbemerkt! Folge ihm und sag mir, was er herausfindet. Aber wenn er die Kiste der Lebensrechte findet, dann töte ihn und bring die Kiste zu mir." Er hielt inne und schaute direkt in die Augen des Riesen. „Aber wenn du ihn so tötest, wie du Mottley vorher getötet hast, dann werde ich dich hinunterschicken in die Katakomben des Todes bis zu dem Tag, an dem du verrottest! Hast du mich verstanden?" Mehr zu sich selbst fuhr er fort: „Vielleicht hat Nitram sogar die Werkzeuge bei sich. Ich werde selber gehen und schauen. Ich folge dir so schnell wie möglich."

Der Riese beugte seinen Kopf und murmelte eine Frage feierlich in die Richtung des Vermummten, welcher nur den Kopf schüttelte. Die runzlige Haut kam nicht von seinem Alter, obwohl Trog ungefähr 300 Jahre alt war. Sie kam von den herben Umständen, die ein Krieger in seinem kalten und öden Land aushalten musste.

„Hab keine Angst, Trog! Ich werde dich finden."

Eine kalte Stille herrschte und alles, was man hören konnte, war der Wind. Schließlich blickte Trog auf, doch die vermummte Gestalt war plötzlich verschwunden. Es wurde dunkel. Also setzte er seinen Helm auf, hob sein Schwert auf und verschwand geräuschlos in die Richtung, aus der er gekommen war.

'I don't like to be left waiting.'

The giant named Trog growled as he felt the sword under his chin. Although he had the brains of a pigeon, he did know when to keep his mouth shut and listen.

After a few seconds, the hooded stranger lowered the sword and threw it to the ground.

'Don't be late again. Now who has Mottley's 'Sapiens Tools'?'

The dark giant looked down at his bare feet and grunted, shaking his big head back and forth. 'Why don't you know? I told you to find out for me! You went through Nitram's workroom, didn't you?' Trog grunted ' ... and you didn't find anything?' shouted the stranger. But Trog could only shake his head and grunt again.

'So you were interrupted by his wife, were you? You blundering fool! Now, where did you hide the "Watch and Chain"?'

Trog lifted his head once more and a few more indescript grunts could be heard. To speak his language, one first had to have a very sore throat, it seemed.

The Hooded One seemed to have understood and barked back, 'At your brother's house? I hope you have hidden them well or else I'll boil you alive!'

The giant nodded quickly.

'Nitram will be leaving for the Unrealworld soon,' the eery figure continued. 'I want you to go after him, but not to intercept him. Just follow him and let me know what he finds. If he discovers the box of 'Living Rights', kill him and bring the box back to me.' He paused, looking up, straight into the giant's eyes. 'But if you kill him before he has found the box, as you did with Mottley, then I'll send you down to the 'Tombs of Death' until you rot! Have I made myself understood?' Then he added, more to himself, 'He might even have the Tools with him; I'll see for myself! I will follow you as soon as possible.'

The giant bowed his head and grunted a question, solemnly towards the Hooded One, his great head shaking as if cold. The wrinkled, scalelike skin did not come from age, even though Trog was believed to be roughly 300 years old; they came from the harsh conditions that Pugna warriors had to endure in their cold and barren land.

'Do not fear, Trog, I will find you.'

A cold silence prevailed and all that could be heard was the wind.

When Trog eventually looked up, the hooded figure had gone. It was getting dark so he placed his helmet on his head, picked up his Olk sword and left silently the way he had come.

Das Treffen mit dem Bürgermeister

Nitram lehnte sich zurück und betrachtete das Bild, das er soeben vollendet hatte. Der Anker seiner Existenz.

Es war ein Werk, gemalt mit fließender Leichtigkeit, das jemand bestellt hatte. Nitram war recht stolz auf seine Gemälde. Er hängte es zum Trocknen auf und drehte sich um, nur um alle Dinge zu sehen, die noch von Atirams Qual mit dem Regal auf dem Boden herumlagen. Er beugte sich hinab und begann aufzuräumen, unter Protest, versteht sich. Er reparierte das Regal und stellte die Bücher wieder oben darauf. Sein Etui aus dickem Leder legte er daneben. Er überflog die Büchertitel: ‚Farben mischen leicht gemacht', ‚Der Landschaftsmaler', ‚Wie man mit Kohle malt'.

Er räumte seinen Fußboden weiter auf, hob Farben auf, stoppte jedoch, als er etwas Merkwürdiges bemerkte – etwas, das er noch nie gesehen hatte: einen alten Schuhkarton. Er musste hinter den Büchern auf dem obersten Regalbrett gewesen sein, dachte er, also hob er ihn auf und öffnete ihn. Der Schuhkarton war voll von alten Fotografien, einem Knauf, einer riesigen ausländischen Münze, einem Stück Seil mit einer Anzahl Knoten, ein paar Zeitungsausschnitten und einem Kompass. Er setzte sich hin und blickte auf die staubigen, vergilbten Fotos, welche, wie er dachte, nicht wirklich interessant waren. Sie waren alt und er erkannte niemanden darauf. Dann aber stellte er etwas ziemlich Ungewöhnliches fest: Das Haus im Hintergrund schien sein eigenes zu sein. „Unser Haus?", brummelte er vor sich hin und hob das Foto hoch, um es besser anschauen zu können. Das Haus sah ungewöhnlich kahl aus, ohne die typischen Blumenkörbe. „Wahrscheinlich hatten wir die in dieser Zeit gar nicht", dachte er. Da war eine Gruppe Männer, die vor dem Haus Stricke und Enterhaken hielten. Sie hatten Nagelstiefel, die um ihre Hälse hingen. „ Müssen wohl Bergsteiger sein", brummte er laut. Er schaute weiter durch einige andere alte Dinge und bemerkte einen Zeitungsausschnitt, der recht interessant aussah. Er nahm ihn aus der Schachtel und las laut vor: „Die Expedition war geplant und sollte stattfinden ... blablabla ... – ... Die mutigen Männer stehen voll bepackt und warten darauf, dass es losgeht ... blablabla ... und so mussten sie auf besseres Wetter warten."

Er überflog die Namen schnell. Ein Name jedoch stach heraus: „Mottley". Er erinnerte sich daran, diesen Namen schon einmal irgendwo gehört zu haben, aber er konnte nicht sagen, wo oder warum. Der Rest war recht langweilig, aber trotzdem komisch. Warum war das Bild vor ihrem Haus aufgenommen worden? Nitram nahm das Foto noch einmal in die Hand und schaute es konzentriert an. Er legte die übrigen Gegenstände wieder zurück in die Schachtel und dann zu-

The Meeting with the Mayor

Nitram sat back and admired the painting he had just finished. Painting was the very mainstay of his existence. It was a picture painted with fluid ease that someone had ordered. Nitram was rather proud of his paintings. He hung it up to dry and turned to see all the things still lying on the floor from Atiram's ordeal with his shelving. He bent down and began to clear up, muttering in protest of course.

He repaired the shelves and put the books back in place. His pencil case, made of hard leather, was positioned next to them. He read along the book titles: 'Mixing colours made easy', 'The landscape painter', 'How to draw with charcoal'.

Nitram then continued to clean the floor, picking up his paints and other bits and pieces as he went. He stopped suddenly when he noticed something peculiar, something he had never seen before—an old shoebox. It must have been behind the books on the top shelf, he thought, so he picked it up and opened it. It was full of old photographs, a knob, a huge foreign coin, a piece of string with a number of knots along its length, a few newspaper cuttings and a compass.

He sat down and looked through the dusty, yellowing photos which he didn't find really interesting. They were very old and he didn't recognise anyone in them at all. But then he noticed something rather strange; the house in the background appeared to be the Tims' house. 'Our house?' he muttered to himself, picking the photo up to have a closer look. The house looked oddly bare, without the typical hanging baskets. 'Probably didn't have them in those days,' he thought.

The old photograph showed a group of men in front of the house holding ropes, grappling irons, and other equipment. And they had spiked boots hanging round their necks. 'Must be mountain climbers,' Nitram muttered out loud. Then he poked through a few other dusty old items and noticed a newspaper cutting that looked interesting, so he held it up and read it out loud. 'The expedition was set to take place ... bla ... bla ... bla ... the brave men standing fully packed waiting for the go ahead ... bla ... bla ... bla ... and so had to await better weather.'

He skimmed through the names, but only one name rang familiar—'Mottley'. He remembered hearing the name mentioned somewhere before, but couldn't remember where or why. The rest was rather boring, but it was still all rather odd. Why was the photo taken in front of their house? He held the photo again in his hand and looked at it hard. Then he placed the remain-

rück auf das obere Regalbrett. Das Foto steckte er in seine Hosentasche und räumte weiter auf.

„Wo kommen alle diese Farben her?", murmelte er und während er sich darüber beschwerte, rutschte er auf einem Stapel Buntstifte aus und schlug mit dem Kopf gegen die Schranktür. Seine Frau hörte den Lärm aus Nitrams Zimmer und rief aus der Küche: „Nitram? Alles in Ordnung mit dir? Was machst du? Möchtest du vielleicht eine Tasse Tee? Hast du dein Zimmer schon aufgeräumt? Es ist fast Zeit für deine Besprechung mit dem Bürgermeister!"

Er stand auf, kratzte seinen schmerzenden Kopf, lächelte über ihre besorgte Stimme und überlegte, welche Frage er als erstes beantworten sollte.

„Ja, ja, ja, ja, ja", antwortete er und steckte seinen Kopf um die Ecke der Tür in Richtung Küche. Er fand seine Frau, die ein Stück Teig knetete. Sie schaute ihn irritiert an und goss dann den Tee ein. Es war eine alte, aber liebenswürdige Küche, mit einem schmiedeeisernen Herd und flackerndem Feuer, einem alten Schaukelstuhl, der über die Jahre in der Familie weitergereicht wurde. Über ihnen eine Zimmerdecke aus alten Eichenbohlen. In der Mitte des Raumes stand ein großer Tisch aus massiver Eiche und auf beiden Seiten mehrere Stühle. Nitram schaute von seinem dampfenden Tee auf. „Was machst du zum Abendessen?"

„Nichts!", kam ihre Antwort, „Während du dich mit dem Bürgermeister vergnügst, werde ich auf einen kleinen Plausch rüber zu Figrib gehen."

Nitram wusste, dass ihr „kleiner Plausch" mit Sicherheit zwei Stunden dauern würde und wenn die Besprechung schnell ginge, dann könnte er noch im ‚Weedy Inn', einer Kneipe in der Stadt, ein schnelles Rote-Bete-Bier trinken und zu Hause sein, noch bevor sie es überhaupt mitbekommen hätte. Der Gedanke ließ ihn grinsen. Er schmierte sich ein Brot, küsste seine Frau auf die Stirn und verließ das Haus.

„Pass auf, dass deine Augen nicht größer sind als dein Magen, mein Schatz!", hörte er sie sagen und wusste nicht genau, ob sie das Brot oder das Stadtfest meinte. Er biss also noch einmal in das Butterbrot.

Die Straße, die in die Stadt hineinführte, war ungewöhnlich leer. Unterwegs aber dachte er, dass die Leute sicherlich beim Abendessen sitzen würden oder bei der Besprechung mit dem Bürgermeister sein würden. Ideal, dachte er sich, je mehr, desto besser. Denn je mehr Leute zum Treffen kämen, desto weniger Arbeit würde für den Einzelnen anfallen. Er schaute auf seine Uhr. „Uups, ich bin ein bisschen verspätet", dachte er sich, „ach, egal, lasse ich sie eben warten." Er pfiff ein Lied, während er schnellen Schrittes die Ecke des Marktplatzes kreuzte und das Rathaus ansteuerte. Dort angekommen, konnte man die Geräusche der Menschen im Arbeitszimmer des Bürgermeisters hören und er fing an, die Treppe hinaufzusteigen. Einige Menschen standen vor der Zimmertür und

ing items in the shoebox again and put it back on the top shelf. He popped the photo into his pocket and carried on cleaning the floor.

'Where did all these paints come from?' he wondered and, still complaining, slipped on a pile of crayons and banged his head on the cupboard door. His wife heard the commotion and called from the kitchen. 'Nitram? Are you all right, dear? What are you doing? Do you want a cuppa? Have you finished cleaning your room yet? It's nearly time for your meeting with the mayor, you know!'

He stood up, rubbing his sore head, smiling at her concerned voice and trying to decide which question to answer first.

'Yes, yes, yes, yes, yes,' he answered lovingly and popped his head around the door to the kitchen. He found his wife kneading a piece of dough. She gave him a puzzled look and then started to pour the tea.

It was an old kitchen, but a cosy one, with a wrought iron stove and blazing fire, an old rocking chair that had been passed down the family over the years and above them an oak-beamed ceiling. In the middle of the room stood a large table made of solid oak with a number of stools on either side.

Nitram looked up from his steaming tea, 'And what are you making for dinner?'

'Nothing!' came her reply 'Whilst you're amusing yourself with the mayor, I'll be going round to Tigrib for a quick natter!'

Nitram knew that her 'quick natter' with her girlfriend Tigrib would take at least two hours or so and thought that, if the meeting was quick, he could pop into "The Weedy Inn" for a quick beetroot-beer and he'd be back before she even realized. Smiling at the thought, he made himself a small sandwich, kissed his wife on the forehead and left.

'Don't bite off more than you can chew, my dear!' he heard her say, though he wasn't quite sure if she meant the sandwich or the town celebrations. So he took another bite of his sandwich.

The road into town was unnaturally empty on the way, but he thought people would be having their dinner or could even be at the meeting with the mayor. Ideal, he thought, the more the merrier, the more people that came to the meeting, the less work would be left over for him.

He looked at his watch. 'Oops, I'm a little late!' he thought. 'Ah well, let them wait,' and began to whistle as he walked briskly across the corner of the town square towards the town hall. Inside the hall the noise of the crowd in the mayor's office above was already audible as he began to climb the stairs.

A few people lingered outside the office door looking rather lost, but on seeing Nitram they stood up straight, smiled and patted him on the back saying, 'Good man!' and, 'All the best to you, my son!' Nitram was rather puzzled,

schauten recht verloren darein. Als sie jedoch Nitram sahen, richteten sie sich auf, lächelten und klopften ihm auf die Schulter.

„Du bist ein guter Mann, Nitram."

„Ich wünsche dir alles Gute, mein Sohn!"

Nitram wunderte sich, dachte aber nicht weiter darüber nach, öffnete die Tür zum Büro des Bürgermeisters und betrat den Raum.

Ganz plötzlich verstummte jeglicher Laut und durch die Mitte der Menge wurde ein Gang geöffnet. Alle drehten sich um, lächelten und ließen ihn vorbei.

Manch einer schüttelte sogar seine Hand und gab ihm seinen Segen.

„Was ist hier bloß passiert?", dachte Nitram entgeistert. „Das Leben in der Nachbarschaft von Nednem war normalerweise dermaßen ohne Aufregung, dass sogar das Stadtfest nicht so eine Menge an Menschen locken konnte." Er ging bis zum Schreibtisch des Bürgermeisters.

Applaus brandete auf, jedermann fing an zu jubeln und zu klatschen, es war ohrenbetäubend.

„Nitram, mein guter alter Freund Nitram! Wir haben gerade über all die guten Bürger unserer Stadt gesprochen und wieviel diese Menschen dazu beigetragen haben, dass es unserer Stadt so gut geht, wie es seit Jahrhunderten der Fall ist. Und wie viele dieser guten, mutigen Menschen heute eigentlich noch leben! Wir, eine eng verbundene Gemeinschaft, glauben und vertrauen ... " Die Stimme sprach weiter und weiter, ein dröhnender, monotoner Unsinn, den der Bürgermeister gerne benutzte, um seine Gegner lahmzulegen. Es bedeutete einfach sich hinzusetzen, zu warten und nicht einzuschlafen. Aber heute jedoch war es anders. Es machte den Anschein, als würde er Nitram direkt ansprechen. „ ... und wir bewundern deine hervorragende ... ", weiter und weiter redete er. Nitram war bestürzt. Was ging hier vor? All das für sein Zutun zum Stadtfest? Hatte er etwas verpasst? Er versuchte sich zu konzentrieren, doch dafür blieb ihm keine Zeit, denn der Bürgermeister nahm seine Hand und schüttelte sie energisch.

„ ... Also haben wir alle beschlossen, dass, wenn du uns helfen willst, Nitram, wir natürlich deinen Bauantrag genehmigen würden."

Der Bürgermeister hatte zu Ende gesprochen.

Plötzlich bemerkte Nitram, was der letzte Satz bedeutete und war überwältigt. Ja, natürlich, für seine Baugenehmigung würde er alles tun. Er begann mit dem Kopf zu nicken. Ein Raunen der Aufregung ging durch die Menge und alle klatschten und jubelten. Zwei stämmige Arbeiter, die an beiden Seiten neben ihm standen, packten Nitram und setzten ihn mit Leichtigkeit auf ihre Schultern. Nitram war außerordentlich glücklich. Nur ein kleiner Punkt bedrückte ihn noch. Zu was hatte er zugestimmt? Was musste er am Tag des Stadtfestes machen, um alle so fröhlich und aufgeregt zu stimmen? Er drehte seinen Kopf

but thought nothing more of it. Then he opened the door to the mayor's office and strolled in.

The room suddenly went silent and through the middle of the room the crowd parted, forming a gangway. Everyone turned, smiling, to let him pass. Some even shook his hand vigorously and gave him their blessings.

'What on earth is going on?' thought Nitram dumbfounded. 'Life in the neighbourhood around Nednem was normally so devoid of excitement that even the town celebrations couldn't intice such a crowd as this.'

When he walked right up to the mayor's desk, everyone began to cheer and clap. The applause was deafening.

'Nitram. Oh, my good old friend Nitram. We were just talking about all the good people of our town and how much these good people have contributed to the success our townsfolk have enjoyed over the last few hundred years. And how many of these good, brave people are actually living today! We, as a close-knit community, believe and trust ... ,' his voice carried on and on, a drone of monotonous nonsense used by the mayor to paralyse his opponents. Mostly it simply meant sitting down and trying not to sleep, but this time it was somehow different. The mayor seemed to be talking directly to Nitram.

' ... And we admire your outstanding ... ,' on and on he went. Nitram was bewildered. What's going on? All this just for his contribution to the town celebrations? Had he missed something?, he thought, trying to concentrate; but he had no time to think any further because the mayor had taken his hand and was shaking it vigorously.

' ... So we have all agreed that if you agree to help us Nitram, then we would most certainly agree to grant your planning permission!'

The mayor had finished his speech.

Suddenly Nitram realized what the last sentence meant and was overwhelmed. Yes, of course, anything for his planning permission and began to nod his head in agreement. The crowd roared with excitement. Everyone was clapping and cheering. Two burly workmen, who were standing on either side of him, simply lifted him with ease onto their shoulders. Nitram was extremly happy except for one small nagging point. What had he agreed to? What did he have to do on the day of the town celebrations to make everyone so excited and happy?

He bent his head down and, trying to shout over the noise of the crowd, asked one of the sturdy men carrying him what it was that he had to do at the town celebrations.

'Oh that!' he laughed back. 'That's been cancelled until everything is cleared up!'

nach unten, versuchte den Lärm der Menge zu überstimmen und fragte einen der Männer, die ihn trugen, was er denn am Tag des Stadtfestes zu tun habe.

„Das Stadtfest?“, lachte der zurück, „Das Stadtfest wird verschoben, bis alles wieder an Ort und Stelle ist.“

Nitram war entsetzt.

Verschoben?

Der Lärm war ohrenbetäubend.

Die Menge bewegte sich zur Tür, trug Nitram die Treppe hinunter und durch den Haupteingang auf den Rathausplatz. Er sah den Bürgermeister, Von den Hinterhöfen und einige wenige andere, wie sie auf eine kleine Plattform in der Mitte des Platzes kletterten. Nitram wurde neben sie gestellt und wandte sein Gesicht zu den Menschen.

Der Bürgermeister hob seine kurzen Arme und es wurde ruhiger. Bald war es still und jedermann schaute den Bürgermeister an, offensichtlich erleichtert. Nitram fühlte sich ein wenig übel. Die gute Nachricht der Baugenehmigung war nun eine Sache der Vergangenheit, seine Gedanken hingen an etwas Anderem. Wem hattet er zugestimmt? Er wusste, er war in irgendwelchen Schwierigkeiten, vielleicht sogar in Gefahr, aber welcher Art? Er versuchte, die Aufmerksamkeit des Bürgermeisters zu erlangen, es war aber zu spät, weil dieser wieder einmal eine seiner Predigten begonnen hatte und alles, was Nitram tun konnte, war zu warten.

Es kamen weitere Menschen auf den Platz. Nitram erkannte eine Person. Es war Figrib und sie hielt Atiram im Arm. Panik erfasste ihn und als sich ihre Augen begegneten, fing Atiram an zu weinen. Nitram hatte nur noch einen Gedanken und war schon fast von der Plattform herunter, als der Bürgermeister seinen Arm ergriff und ihn in die Luft wirbelte.

„ ... und ich sage Ihnen“, rief er, „und ich sage Ihnen, meine Damen und Herren, kein Mann hat mehr Courage, kein Mann ist so mutig. Wir wünschen ihm Glück und gutes Gelingen, wenn er über die Schwelle geht und voller Hoffnung erwarten wir den Tag seiner Rückkehr. Seine Rückkehr, da bin ich mir sicher, mit unserem Stolz und unserer Freude.“

Ein lautes Raunen ging durch den überfüllten Rathausplatz.

Nitrams Kopf klopfte, ‚Die Schwelle?’ Seine Augen wurden glasig und ausdruckslos. Er fühlte sich übel.

„Sie haben einen Fehler gemacht. Die können mich nicht meinen!“, rief er, doch die Worte erreichten seinen Mund nicht. Seine Schreie wurden nicht gehört. Die Rufe der Menge wurde leiser, weniger aufrührend und verschwanden, als Nitram ohnmächtig wurde. Er träumte von Riesen, wie sie ihn auslachten, als sie an ihm vorbeiliefen. Bis alles ruhig und friedlich wurde.

Nitram was dumbfounded.

Cancelled?

The noise was deafening.

The crowd flocked towards the door, carrying Nitram down the stairs and out through the main entrance into the square. Outside, many more citizens were standing, cheering.

Nitram couldn't believe what was going on. He was carried out towards the middle of the square. He saw the mayor, Von den Hinterhöfen and a few of others climbing onto a small platform in the centre.

Once Nitram had been set down next to them he turned to face the crowd.

The mayor raised his stubby arms and the noise began to subside. Soon it was still and everyone looked towards the mayor, apparently relieved. Nitram felt slightly sick. The good news of his planning permission was a thing of the past. His thoughts were now on something else—What had he agreed to? He knew he was in some kind of trouble, even danger maybe. But what? He tried to attract the mayor's attention, but it was too late. The mayor had begun yet another speech and all Nitram could do was to wait.

Far away, at the back of the crowd, more people were arriving. Nitram recognised one of them straight away. It was Tigrib with her arms around his wife, Atiram. He now looked panic-stricken and she began to cry when their eyes met.

Nitram's only thought was to reach his dear wife and he was almost off the platform, but the mayor had already taken his arm and thrust it into the air.

' ... And I tell you,' he shouted ' ... And I tell you, ladies and gentlemen, no man is more courageous, no man is so brave. We wish him luck and good fortune when he passes through the Threshold and we will await the day of his return with anticipation. He will return, I am sure, with our pride and joy.'

A huge roar erupted through the packed town square.

Nitram's head throbbed. 'The Threshold?' His eyes became glazed and unfocused. He was quivering and he felt sick.

'They've made a mistake. They can't mean me!' he shouted. But the words never left his mouth. His cries went unheard.

The crowd became less noisy, less vibrant and began to fade and disappear. Visions of giants came to Nitram's mind. He was sure people were making fun of him as they ran by, before he was overwhelmed by a scarcely penetrable fog which grew darker and engulfed him like outspread arms until everything became quiet and peaceful once more.

He fainted.

Die Praxis

„Oh, Frau Tims. Ihr Mann kommt wieder zu sich!"

Die schrille Stimme der Schwester stach wie ein Messer durch den Nebel in Nitrams Kopf. Er öffnete seine Augen, war überraschend klar und sah die roten Augen seiner Frau, die auf ihn herabschauten.

"Wo bin ich?", fragte er. Seine Frau erzählte ihm, dass man ihn ohnmächtig in Dr. Bones Praxis gebracht hatte. Er versuchte sich zu erinnern, was vorher passiert war und Fragen begannen sich in seinem Kopf zu bilden. Mit einer schmerzenden Bitte in seiner Stimme drehte er sich zu seiner Frau.

„Atiram, ist es wahr?"

„Ja", antwortete sie, wohl wissend, was er gefragt hatte.

„Und habe ich eine Chance mein Wort nicht zu halten?"

Sie schaute von ihren Händen auf, schnäuzte sich und schaute direkt in seine Augen. „Nein."

Die Werkzeuge und Tranquillus

Nun denn, es war ein sehr beruhigender Punkt in Atirams Charakter, dass sie eine durchweg bodenständige Natur war und eine Pragmatikerin noch dazu. Sie begann Essen zu kochen. Währenddessen kritzelte sie hier und da ein paar Dinge auf, von denen sie dachte, dass Nitram sie unter Umständen brauchen könnte.

Viele seiner Freunde, Nachbarn und Verwandten versuchten ihn zu beraten, was er in seinen Rucksack einpacken sollte, aber Nitram hatte keine Ahnung, was er auf der anderen Seite der Schwelle erwarten würde. Daher war das Packen ziemlich schwer.

Der Bürgermeister und sein Gefolge hatten versucht, ihn dazu zu bewegen sofort aufzubrechen, aber auf eine Bitte von Atiram hin entschieden sie, ihm noch ein paar Tage Zeit für die Dinge zu geben, die er vor seiner Abreise noch regeln musste.

Nitram hatte den einen oder anderen Auftrag für Portraits, aber seine Gedanken waren dermaßen mit der bevorstehenden Aufgabe beschäftigt, dass es irrsinnig gewesen wäre, sich noch mit etwas anderem zu befassen.

The Surgery

'Oh, Mrs Tims. Your husband is coming round now!' said the shrill voice of the nurse, penetrating like a knife through the fog in Nitram's head. He opened his eyes, surprisingly clear all at once, and saw the red eyes of his dear wife peering down at him.

'Where am I?' he asked. His wife explained that, after he had fainted, they had brought him there to Dr. Bone's surgery.

He tried to recollect what had happened before he fainted. Questions began to form in his mind. He turned to his wife, his eyes pleading.

'Atiram ... is it true?'

'Yes,' she replied, knowing full well what he meant.

'And do I have a chance of going back on my word?'

She looked up from her hands, blew her nose and looked him straight in the eye before answering. 'No,' she said.

The Sapien's Tools and Tranquillus

Now, one of the very comforting points in Atiram's character was that she had a thoroughly down-to-earth nature and was a pragmatist to boot. She began to cook lunch, at the same time scribbling down a note here and there of what she thought Nitram would need on his travels.

Many of his friends, neighbours and relations tried to advise him on what he should include in his backpack, but Nitram had no idea what to expect on the other side of the Threshold, so that packing was rather difficult.

The town mayor and his followers had wanted him to set off immediately but, on receiving a plea from Atiram, decided to give him a few days to attend to any outstanding business before leaving.

Nitram had one or two orders for portraits, but his thoughts were so absorbed with the Threshold that it was a ludicrous mission to concentrate on anything else, so it was rather pointless to start.

One evening whilst browsing through a pile of greeting cards and well-wishers that the townsfolk had sent him, Nitram turned towards his wife.

'Atiram, what if ... what will you do if I don't come back?'

Eines Abends, als er durch einen Stapel Grußkarten und Glückwünsche blätterte, die das Stadtvolk ihm geschickt hatte, drehte sich Nitram zu seiner Frau um.

„Atiram, was wäre, wenn ich ... wenn ich nicht wiederkommen würde?"

Sie blickte von ihrem Nähzeug auf und sah den Schmerz in seinen Augen.

„Diese Brücke werde ich überqueren, wenn ich dort ankomme. Aber vorher solltest du dir Gedanken über deine Rückkehr und deinen Empfang zu Hause machen." Sie drehte sich weg, als sie merkte, dass sich Tränen in ihren Augen bildeten.

Nitram zuckte mit den Schultern und nahm ein Foto aus der Tasche. Atiram kam zu ihm herüber und umarmte ihn lang und liebevoll. Sie sah das Foto in seiner Hand.

„Wo hast du das Foto von Mottley her?"

Er war ziemlich überrascht, dass sie ihn erkannt hatte.

„Aus einem alten Schuhkarton, den ich in meinem Zimmer gefunden habe."

„Mottley ist vor 50 Jahren über die Schwelle gegangen, aber man hat ihn nie wieder gesehen. Zeig mir bitte diesen Schuhkarton!"

Nitram ging in sein Zimmer und kam kurz darauf mit dem Karton zurück. Er leerte den Inhalt auf den Tisch vor Atiram und setzte sich neben sie. Sie guckte durch den Stapel und nahm die große fremde Münze in die Hand, grübelte darüber nach und legte sie zurück. Die Münze war alt, aber noch sehr blank. Auf einer Seite stand das Wort „Republik". Sie hob den Knauf hoch, „Was kann ein alter Knauf jemandem bedeuten?", und war gerade dabei ihn in die Kiste zurückzuwerfen, als etwas Komisches passierte. Der Knauf gab ein paar kleine, aber helle Lichter, einem Funkeln ähnlich, von sich. „Hast du das gesehen?" Nitram hob den Knauf auf. Er schaute ihn vorsichtig an und versuchte, die Funken wieder erscheinen zu lassen. „Vielleicht, wenn man ihn wirft.", merkte er an und warf ihn leicht zu Atiram. Aber ohne Erfolg. „Oder sprich damit!", fügte sie hinzu und fing sehr zu Nitrams Erheiterung an, dem Knauf über die Inhalte eines Kuchens, den sie für Nitram backen wollte, zu erzählen.

„Nichts", sagte Nitram, nahm den Knauf zurück und drehte die Oberseite, während er ihn an dem anderen Ende fest hielt. Plötzlich begannen die Funken zu fliegen, zuerst um seinen Kopf herum und dann taumelten sie langsam zu Boden.

Mit einem Ruck, der ihn bis ins Mark erschütterte, sah er die Funken wieder verschwinden.

„Wow! Was war denn das?", schrie Nitram.

Seine Frau hatte einen erschrockenen Gesichtsausdruck und schien von Panik ergriffen zu sein. „Nitram, wo bist du? Spiel keine Spielchen mit mir, ich mag das nicht!"

Nitram sah ihr in die Augen.

She looked up from her sewing and saw the pain in his eyes.

'I'll cross that bridge when I come to it, but your thoughts should be on your homecoming afterwards.' She turned away from him as she felt a tear welling up.

Nitram shrugged and took a photo out of his pocket. Atiram came over and gave him a loving hug and noticed the photo in his hand.

'Where did you get the photo of Mottley from?'

He was rather surprised that she had recognised him.

'Out of an old shoebox in my workroom,' he answered.

'Mottley went through the Threshold 50 or so years ago, but he was never seen again. Show me this shoebox of yours, will you, Nitram!'

Nitram went into his workroom and returned with the box shortly afterwards. He emptied the contents onto the table in front of Atiram, then sat down next to her.

She sifted through the pile and picked up a large foreign coin, pondered over it, then placed it back. It was rather blank and old with the word 'republic' on one side.

Then she picked up the knob.

'What use can an old knob be to anyone?' And was about to throw it back into the box when she saw something strange happen. The knob had given off a few small but bright specks of light, very similar to a sparkler.

'Did you see that?'

Nitram picked up the knob. He looked at it carefully, trying to make the sparks reappear.

'Maybe if one threw it?' he suggested, throwing it lightly over to Atiram, but to no avail.

'Or talk to it!' she added and began, to Nitram's amusement, to talk on about the ingredients of a cake she was baking for her husband to take with him through the Threshold.

'Nothing.' said Nitram taking the knob back and turning it in different directions in his hands, holding the base and turning the top. Suddenly the sparks began to fly again, firstly around his head and then slowly drifting down to his feet. With a wrench that tore at his very heartstrings, he saw them disappear once more.

He looked up. 'Wow! What was that?'

His wife had a horrified expression on her face that seemed to be almost panic-stricken.

'Nitram, where are you? Don't play tricks on me like that ... I don't like them!'

„Sag mal, was ist denn mit dir los? Ich sitze dir direkt gegenüber", sagte er und schaute seine Frau mit festem Blick an. Sie war aufgestanden und schaute um den Tisch herum, dann darunter und wollte gerade aus der Tür herausschauen, als Nitram sie am Arm griff. Sie schrie und drehte sich herum.

„Warum schreist du so laut?", fragte Nitram.

„Wo bist du?"

„Hier. Direkt neben dir ... bist du blind?" Er schnappte sich ihren Arm und sie schrie wieder und schaute direkt durch ihn hindurch.

„Es ist der Knauf, Nitram! Er hat dich unsichtbar gemacht!" Ihre Lippen zitterten. Nitram rannte zum Spiegel im Flur und erwartete nichts zu sehen.

„Aber ich selbst kann mich sehen."

„Ich weiß, was ich nicht sehen kann, Nitram. Dreh den Knauf mal gegen den Uhrzeigersinn, während du ihn festhältst!", befahl sie ihm und schaute in die andere Richtung. Er tat, was ihm aufgetragen wurde und wieder kamen die Funken heraus. Diesmal flogen sie umgekehrt vom Boden, ihn umkreisend, hinauf zu seinem Kopf, um dann wieder zu verschwinden. Nitram war wieder sichtbar und beide schauten sich sprachlos an.

Sie setzten sich und blickten auf den Knauf.

„Ein ziemlich nützliches Teil! Auf meiner Reise kann ich ihn sicherlich gut gebrauchen", meinte Nitram, den Knauf hochhaltend. Er lächelte seine Frau an. Sie nickte nur, immer noch entsetzt von dem, was sie gerade gesehen hatte.

Nach ein paar Minuten drehte sie sich wieder zu ihm und fragte:

„Was haben wir hier denn noch so?"

Sie wartete darauf, dass Nitram etwas aufhob. Sie wirkte so, als hätte sie Angst, er würde sie in einen Hasen oder ähnliches verwandeln.

„Ein Stück Seil mit sechs Knoten drin."

Er schwang das Seil vor und zurück, rollte es auf und ließ es wieder auseinander, aber nichts passierte.

„Warum hat dieses Seil so viele Knoten? Was glaubst du passiert, wenn ich einen davon löse?", fragte Nitram.

Atiram nickte mit glänzenden Augen voller nervöser Aufregung.

Nitram hielt einen Moment inne und öffnete den ersten Knoten.

Zuerst geschah nichts, aber dann hörten sie ein konfuses Murmeln, ein Qualmwölkchen stieg auf und ein helles, blendendes Licht erschien. Binnen ein paar Sekunden war alles vorbei.

Atemlos und gebannt von dem, was sie gesehen hatte, war sie bis ins Innerste erschüttert.

„Nitram! Du bist schon auf deine halbe Größe zusammengeschrumpft", stotterte sie und kam um den Tisch herumgelaufen, um ihren neuen Garten-

Nitram looked into her eyes.

'Have you lost all your marbles? I'm sitting opposite you.' he said looking intently at his beloved wife who was now standing and searching all round the table, then under the table. She was about to look out of the door when Nitram touched her arm.

She screamed and turned around.

'What are you screaming for?'

'Where are you?'

'Here! Right next to you ... are you blind?' He grabbed her arm and she screamed once more, looking straight through him.

'It's the knob, Nitram!' her lips quivering, 'It's made you invisible!'

Nitram ran to the mirror in the hall, expecting to see nothing.

'But I can see myself, Atiram.'

'I know what I can't see, Nitram! Turn the knob anticlockwise whilst holding the base!' she advised him looking in the wrong direction. He promptly turned the knob and yet again the sparks began to fly, firstly round his feet and then up round his body to his head, only to disappear once more.

Nitram was visible again and they both looked at each other, speechless.

Presently they both sat down and looked at the knob.

'A very useful piece of equipment to take with me, I think,' said Nitram holding it up and smiling at his wife. She simply nodded, still bewildered from what she had just seen.

After a few minutes she turned to him again and asked, 'What else do we have here?'

She waited for Nitram to pick something up as if scared she might turn into a bunny or whatever.

'A piece of string with 6 knots.'

He proceeded to swing the string backwards and forwards, rolling it up and down but nothing seemed to happen.

'What are these knots in the string for? What do you think will happen if I undid one?' Atiram nodded with eyes bright and clear, full of nervous excitement.

Nitram stood still a moment, deep in thought before starting to untie one of the knots.

At first nothing happened, but then they heard a confused murmur of sound, a puff of smoke and saw a bright dazzling light.

It was all over within a few seconds.

Breathless and transfixed, the sight that Atiram saw had possessed her utterly.

zwerg besser zu betrachten. Sie waren beide so sehr in das, was sie taten, vertieft, dass sie gar nicht bemerkten, wie jemand das Gartentor öffnete und den Weg heraufging.

Es klingelte an der Tür.

Atiram und Nitram erstarrten.

Atiram schaute ihren Mann an, der nur noch einen Meter groß war und flüsterte ihm leise zu, dass er sich hinter dem Schrank verstecken solle, was – so dachte sie – nicht allzu schwer sein würde. Dann drehte sie sich um und öffnete die Haustür.

Ein alter Mann stand vor ihr. Er hatte graues Haar, einen langen, wehenden Mantel an und einen eigenartigen Gesichtsausdruck.

„Oh, es tut mir so Leid, dass ich sie so spät noch störe, meine Teuerste", sprach er und beobachtete einen kleine Rauchwolke, die sich durch die Tür ihren Weg nach draußen bahnte. „Aber dürfte ich mit Ihrem Mann sprechen?"

Atiram war einen Moment lang unsicher, bekam dann jedoch ihre Haltung zurück und antwortete: „Es tut mir Leid, aber er ist zur Zeit nicht zu Hause. Kann ich ihm etwas ausrichten?" Aber bevor sie weiterreden konnte, war der alte Mann einfach und ohne sie zu beachten an ihr vorbei in die Küche hineingegangen und grummelte: „Arr ... So wie ich es mir dachte. Ich wusste es." Er sprach mehr mit sich selbst als mit irgendjemand anderem. Atiram schaute schnell durch das Zimmer, nur um zu sehen, ob Nitram sich gut versteckt hatte, dann drehte sie sich wieder zu dem alten Mann um, welcher sich gerade äußerst interessiert die Kuriositäten, die auf dem Küchentisch herumlagen, ansah. „Hmm, die Werkzeuge! Ich war drauf und dran zu fragen, ob Sie sie bereits gefunden haben. Nitram wird sie mit Sicherheit benötigen."

„Verzeihen Sie, ich möchte Sie nicht unterbrechen, aber wären Sie so freundlich mir zu sagen, was Sie ... " Atiram begann zu sprechen, aber der Alte redete weiter.

„Ja, vor vielen Jahren war ich hier. Es hat sich nicht viel verändert. Ich habe an genau diesem Tisch gesessen." Er drehte sich zum Schrank und grinste „Ja, mit Ihrem Großvater, Nitram."

Nitram und Atiram waren baff.

Wusste er es? Warum wusste er es? Und was meinte er mit dem Werkzeug? Atiram starrte ihn an, während sie die übrigen Werkzeuge zusammensuchte. Nitram kam hinter dem Schrank hervor, sah zu dem alten Mann auf und erhob die Stimme, um gehört zu werden.

„Wer sind Sie?" fragte er.

Der alte Mann antwortete nicht darauf, sondern riet ihm nur, den Knoten wieder in das Stück Seil zu knüpfen und setzte sich an den Küchentisch.

'Nitram! You've shrunk to half your normal size.' she stuttered and came round the table to have a better look at her new garden gnome. They were both so engrossed in what they were doing that they didn't notice someone opening the front gate and walking up the path.

The door bell rang.

They both froze.

Atiram looked towards her husband, who was a mere three foot tall, and whispered quickly to him that he should hide behind the cupboard which was, in her view, not too difficult. She then turned to the front door and opened it.

An old man stood before her with grey hair, a long flowing cloak, and an odd expression written all over his face.

„Mein Name ist Tranquillus“, fing er an, „und ich habe Ihnen die Wahrheit gesagt. Ich selbst saß hier, vor vielen Jahren, mit Ihrem Großvater zusammen am Tisch.“

Er beobachtete, wie Nitram langsam wieder zu Normalgröße heranwuchs. „Ich war ein junger Mann damals, aber furchtlos und abenteuerlustig“, fügte er hinzu, die alte, abgenutzte Münze aus dem Stapel nehmend, den Atiram angehäuft hatte und inspizierte sie. Er lächelte.

Nitram und Atiram saßen und hörten jedem Wort, das er sprach, aufmerksam zu. Er erzählte ihnen von vielen Geschichten aus vergangenen Zeiten, aber hauptsächlich über Nitrams Großvater, so wie er vor fünfzig Jahren gewesen war. Er war erst vor einigen Jahren verstorben, hatte jedoch niemals Nitram etwas darüber erzählt.

„... und dann kam es, dass wir uns entschieden hatten, dass jemand es ausprobieren müsste, über die Schwelle und in die nicht-reale Welt zu gehen, um nach das Kiste der Lebensrechte zu suchen, die Jahre zuvor dort verloren gegangen war. Ja, es war ein Traum, den jeder in Nednem hatte, aber nicht wagte, darüber nachzudenken. Genau deswegen hat es uns so angezogen, wegen der unberechenbaren Gefahren, wegen des Ruhmes, es als erste zu tun und wegen des Friedens zwischen zwei Krieg führenden Nationen. Ihr Großvater wollte, dass wir alle gehen, aber am Ende kamen wir darauf, dass Mottley alleine gehen sollte. Hauptsächlich wegen seines Erfahrungsreichtums und seiner enormen Geschicklichkeit, aber auch wegen der großen Gefahr. Er wollte zurückkommen und uns holen, wenn die Gefahr nicht zu groß wäre. Dies war unser erster Fehler. Wir hatten vergessen, dass die Schwelle sich bewegen würde, wenn jemand hindurchgegangen war. Mottley musste also ohne die Hilfe eines Kompasses danach suchen.“

„Dieser hier?“, fragte Atiram und hielt ihn hoch. „Aber wie ... “

„Ich werde es gleich erklären ... Ja, wir haben kein Geheimnis aus unseren Hoffnungen und Ambitionen gemacht. Wir haben sogar die Lokalzeitung gefragt vorbeizukommen und Fotos zu machen.“

„Wir haben den Bericht gesehen“, fügte Nitram hinzu.

„Aber unglücklicherweise ging alles schief.“ Tranquillus war für einen Moment still, in Gedanken verloren. „Wir haben eine lange Zeit gewartet, lange Jahre gingen vorbei, aber Mottley kam nie zurück. Wir dachten sogar darüber nach, jemand anderen hinzuschicken, um nach ihm zu suchen, aber wenn Mottley es nicht geschafft hatte, wer dann?“

Atiram schaute Nitram an, der ein bisschen verlassen aussah. Sie bot an, einen Tee zu kochen, aber beide Männer lehnten ab. Wenn Nitram seine Tasse Tee nicht haben wollte, dann musste etwas nicht in Ordnung sein.

'Oh, I'm so sorry to bother you at such a late hour, my dear,' he said watching a wisp of smoke curl round the door. 'But may I speak to your husband, please?'

Atiram was taken aback for a few seconds, then regained her composture and replied. 'He's not in at the moment. Can I take a message?' but before she could continue, the old man had simply walked past her into the kitchen. Ignoring her completely he mumbled, 'Aah, yes ... Just as I remembered,' more to himself than to anyone else.

Atiram quickly looked around to see if Nitram was well hidden, then she turned back to the old man who was now looking intently interested at the oddments lying on the kitchen table.

'Aah, yes, the tools! I was thinking of asking you if you'd found them yet, as Nitram will undoubtably be in need of them.' he murmered.

'Excuse me. I don't want to interrupt, but would you mind telling me what you ...' Atiram was interrupted when the old man continued.

'Yes, indeed. Years ago I was here. It hasn't changed much. I sat at this very table,' he turned towards the cupboard and smiled. 'Yes ... together with your grandfather Nitram.'

Nitram and Atiram were flabbergasted. Did he know? How did he know? And what did he mean by 'the tools'? Atiram stared at him rather hesitantly whilst collecting the remaining tools together. Nitram stepped from behind the cupboard door and looked up at the old man, raising his voice to be heard.

'Who are you?' he asked.

The old man simply told him to tie the knot in the piece of string again and sat himself down at the kitchen table.

'My name is Tranquillus,' he began, ' ... and what I said is the truth. I sat here years ago with your grandfather.' He watched Nitram grow back to his normal size, then continued, 'I was only a young man in those days, but reckless and adventurous!' he added, taking the old worn coin from the pile that Atiram had made and inspecting it. He smiled.

Nitram and Atiram sat listening, holding on to each word that he spoke. He started telling them many stories of 'Bygone' years, but mainly about Nitram's grandfather as he had been 50 years before. He had been dead a number of years, but had never talked to Nitram about any of these strange things.

' ... and it was then that we decided that someone should try to go through the Threshold and into the Unrealworld to search for the "Living Rights" that had been lost there years before. Yes, it was a dream that everyone in Nednem had, but no-one dared think about. That was why it was so appealing to us, because of the unexpected dangers awaiting us, the glory of doing it first—the

„Wo kamen der Knauf und das Seil her?", fragte sie.

„Mottley hatte sie von der Insel Pugna mitgebracht, auf der er einige Zeit lang gelebt hatte. Er hatte sich mit den Inselbewohnern ‚Die Sapiens' angefreundet und half ihnen, gegen die ‚Kämpfer von Pugna' zu kämpfen. Als Belohnung schenkten sie ihm die ‚Sapiens Werkzeuge', einen Knauf, ein Stück Seil, einen Kompass und eine alte Münze."

„Aber warum hat Mottley die ‚Sapiens Werkzeuge' nicht mit sich über die Schwelle genommen?", fragte Atiram.

„Ja, gute Frage. Genaues wissen wir auch nicht, aber er erwähnte, dass, wenn er nicht zurückkommen würde, zumindest die Werkzeuge in Sicherheit wären. Seine Logik war schwer zu verstehen. Er zog es vor, alleine zu gehen und gab die Werkzeuge an Ihren Großvater, der sie aufbewahren sollte." Er schaute die Werkzeuge an.

„Kennen Sie das Geheimnis, das dahinter steckt?"

„Ich kenne nur den Knauf und das Seil", antwortete Nitram.

„Also die Sapiens erklärten Mottley den Nutzen der Werkzeuge. Sie hatten ihren Ursprung in einer lange vergangenen Zeit, als Fehden und Blutrachen eine alltägliche Sache waren. Mottley erklärte uns dann, wie man die Werkzeuge benutzt, aber wir haben sie nie selber ausprobiert. Der Kompass zum Beispiel zeigt den Weg zur nächsten Schwelle. Unsere Schwelle ist eine von vielen und wenn man einmal hindurch ist, wird sie sich zu einem anderen Platz bewegen. Weil aber niemand nach Mottley hindurchgegangen ist, hat sie sich nicht bewegt." Deshalb überlegte Nitram, ob die „Uhr mit Kette" wirklich in der nicht-realen Welt ist. „Aber geben Sie Acht; Der Kompass kann Sie auch zu einer falschen Schwelle führen. Die Münze wird Ihnen bei schwierigen Entscheidungen helfen, zum Beispiel den Weg nach links oder rechts zu nehmen. Man wirft sie einfach in die Luft und wenn sie landet, wird entweder ein „R" oder ein „L" für ein paar Sekunden zu sehen sein. Diese Münze wird Sie von Gefahren wegführen."

Wieder einmal verfiel Tranquillus ins Schweigen, hob den Zeitungsausschnitt auf und betrachtete Mottley. „Vielleicht werden wir es nie wissen", murmelte er, „sehen Sie, dass Mottley eine Augenklappe über seinem linken Auge trägt? Das Auge war blind. Er hat es während seiner Reise zur Insel Pugna verloren. Die Narbe läuft über sein ganzes Gesicht." Er machte eine Pause, grübelte über das Foto nach. „Ich werde Sie nun verlassen, aber bevor ich gehe, ein Wort der Warnung. Nichts ist, wie es scheint. Der Grund für Ihre Abreise in die nicht-reale Welt dient dazu die „Uhr mit Kette" wiederzufinden, was wohl, wie ich vermute, sehr wichtig ist. Aber jemand hat auf diese Wichtigkeit gedrängt, sodass die „Uhr mit Kette" weitaus wichtiger ist, als sie sein sollte. Oder diese Person hat es

peace it would bring between two warring nations. Your grandfather wanted us all to go, but afterwards we came to the conclusion that Mottley should go alone, mainly because of his wealth of experience and his enormous skills. He wanted to come back and fetch us if he thought that the danger wasn't too great. This is where we made our first mistake—we forgot that the Threshold would move after someone went through it. Mottley would have to search for it without the help of the compass.'

'This one?' asked Atiram holding it up. 'But how ... '

'I'll explain later. Yes, we made no secret of our hopes and ambitions. We even sent for the local newspaper to come round and take photos.'

'Yes. We've seen the article,'added Nitram.

'But sadly, it all went wrong.' Tranquillus was quiet for a few moments, lost in thought. 'We waited for a long time. Years passed, but Mottley never returned. We even thought of sending in someone to search for him, but if Mottley didn't make it, who would?'

Atiram looked towards Nitram, who was looking rather forlorn. She offered to make a pot of tea but both men refused. If Nitram refused a cup of tea, then there must be something wrong.

'Where did the knob and string come from?' she asked.

'Mottley brought them back from the island of Pugna where he spent a few years. He made friends with the local inhabitants—"The Sapiens"—and helped them to fight the Pugna warriors, and as a reward they presented him with the "Sapiens Tools", a knob, a piece of string, a compass and an old coin.'

'But why didn't Mottley take the "Sapiens Tools" through the Threshold with him?' asked Atiram.

'Yes. Good question.We don't know for sure. He did mention that if he didn't come back then at least the tools would be safe. His logic was hard to understand. He preferred to go alone and gave the tools to your grandfather to keep for him.' He looked towards the tools.

'Do you know the secret behind them?'

'Only the knob and string,' replied Nitram.

'Well the Sapiens instructed Mottley in the use of the tools. They had their origin in the far distant past, a time when all sorts of vendettas and feuds were an everyday occurrence. Mottley told us how to use the different tools, but we never tried them out for ourselves. The compass, for example, allegedly shows the way to the nearest Threshold. Our Threshold is one of many and, once you've gone through one, it will move to another place. Since no-one has been through our Threshold since Mottley left, it has not moved. But beware! The compass can therefore lead you to the wrong one! The coin will

selbst gestohlen? Vielleicht eine von Nednem, ich weiß es nicht. Aber was auch immer. Jemand möchte, dass Sie über die Schwelle gehen und ich bin mir nicht sicher, warum. Ich werde wiederkommen, bevor Sie gehen. Gute Nacht." Er öffnete die Tür und war so schnell verschwunden, wie er gekommen war. Atiram und Nitram standen und starrten sich eine lange Zeit schweigend an.

Eine Reise mit Geflüster

Die folgenden Tage vergingen schnell. Van de Bloemen, der Bäcker, kam von seinem Ausflug zu den umliegenden Dörfern zurück, hatte jedoch nichts gefunden. Das seiner Ansicht nach niemandem irgendetwas aufgefallen war, wurde mit Trübsinn akzeptiert. Der Bürgermeister war in derartig schlechter Laune, dass sogar sein Hund, mit dem komischen Namen „Keks", sich von ihm fernhielt. Nitram aber war es, der den ersten Preis gewann. Er war ein nervliches Wrack und je näher seine Abreise heranrückte, desto nervöser wurde er.

Wie versprochen kam Tranquillus den Abend, bevor Nitram abreisen sollte, noch einmal zu Besuch. Er stand in der Tür, kam aber nicht herein. Seine Augen waren leuchtend rot und er dämpfte seine Stimme, als ob jemand, der es nicht sollte, zuzuhören versuchte. „Nitram, ich werde nicht lange bleiben. Ich bin nur gekommen, um Sie vor den Gefahren zu warnen, die Sie erwarten werden. Es gibt zu viele unbeantwortete Fragen, doch dafür haben wir jetzt keine Zeit mehr." Seine Hände schüttelten Nitrams. „Und denken Sie daran, wann immer

help you make difficult choices, such as whether to take a left or right turning. Just flick the coin into the air and on landing you will see either the letter 'R'or 'L' for a few seconds. It will guide you away from imminant danger.'

He again lapsed into silence, then picked up the newspaper cutting and looked at the photo of Mottley. 'We may never, never know,' he murmured. 'Can you see that Mottley is wearing a patch over his left eye? That eye is blind. He lost it during his trips to the Island of Pugna. The scar runs down the full length of his face.' He paused, pondering over the photo. 'I will leave you now, but before I do—a word of warning. Everything is not as it seems. The reason for your departure into the Unrealworld is to recover the "Watch and Chain", which is important, I presume. But someone or something has been pushing for its importance to be greater than it should be ... or this person or thing has stolen it himself—maybe a Pugna warrior, I don't know. But whatever, someone wants you to go through the Threshold and I'm not sure why. I will visit you again before you leave. Goodnight!'

He opened the door and was gone as quickly as he had come.

Atiram and Nitram stood looking at each other for a long time without speaking.

A Journey with a Whisper

The following days passed quickly.

Van de Bloemen, the baker, returned from his trip to the nearby towns, but he had found nothing. His report that no-one seemed to know anything about the "Watch and Chain" was accepted with gloom.

The mayor was so bad-tempered that even his dog, with the odd name of 'Biscuit', kept well out of his way. It was Nitram who won first prize though: he was becoming a nervous wreck and the closer the time of his departure got the more nervous he became.

Tranquillus, as promised, returned to visit them the evening before Nitram was to leave. He stood in the doorway, but didn't enter. His eyes were burning red and he kept his voice low as if someone was trying to listen who shouldn't.

'Nitram, I will not stay long. I've only come to warn you of the dangers that await you. There are too many unanswered questions before you leave, but now it is too late.'

Sie einen Pugnakrieger sehen, gehen Sie ihm aus dem Weg. Atiram, wenn Sie meine Hilfe brauchen, hier ist meine Adresse." Er kritzelte sie auf die Ecke der Tageszeitung, „Sie, Nitram, schicken mir Nachrichten mit einem Geflüster."

Nitram und Atiram schauten fassungslos.

„ ... Ja, etwas Neues. Ein Geflüster ist ein Blatt aus diesem Buch. Es ist eine Schande, dass wir das nicht schon zu Mottleys Zeiten gehabt haben!" Er gab Nitram ein kleines und abgenutzt aussehendes Buch mit komischen, fremdsprachigen Sätzen auf dem Einband. „Reißen Sie eine Seite heraus, schreiben Sie ihre Nachricht darauf und falten Sie sie zusammen. Auf die andere Seite schreiben Sie meinen Namen und dann legen Sie es auf den Boden vor sich. Es wird direkt zu mir fliegen. Dann werde ich Atiram informieren. Bleiben Sie von allen Insekten fern! Sie können nur den Werkzeugen und den ‚Sapiens' trauen!"

„Und dem Stadtvolk", fügte Atiram hinzu.

„Denen am wenigsten", antwortete Tranquillus, als er sich umdrehte, um zu gehen. „Passen Sie auf sich auf!"

Nitram und Atiram sahen ihm nach, als er den Gartenweg hinunterschritt und dann die Straße entlangging. Sie merkten, dass sie sehr wenig über Tranquillus wussten. Wer war er wirklich? Wo wohnte er? Sie erkannten nur, dass er ein Freund von Nitrams Großvater gewesen war und er alles über die Werkzeuge wusste.

Konnte man ihm trauen? Wem konnten sie trauen?

Sie schlossen die Tür und setzten sich an den Kamin.

Ein Rucksack, ein Wanderstock, ein Lederhut, eine dicke Lederjacke und wasserdichte Wanderstiefel lagen auf einem Stapel neben der Tür. Atiram hatte eine Menge nützlicher Sachen gefunden, die Nitram mitnehmen sollte. Über dem Rucksack hingen ein Kletterseil und Kletterhaken. Atiram schaute wieder Nitram an und ihre Unterlippe zitterte. „Warum sollst du dich von den Insekten fernhalten?", fragte sie.

„Ich weiß es nicht. Vielleicht sind die giftig."

„DU, du wirst auf dich aufpassen, oder? Keine Heldentaten?", sagte sie.

Nitram zog sie zu sich und sie umarmten sich, bis das Feuer im Kamin langsam ausging.

Am nächsten Morgen, nach einem guten Frühstück, trotteten sie zum Marktplatz. Nitram trug seinen Hut und die Lederjacke, während Atiram seinen Rucksack schleppte und wieder und wieder fragte, ob er denn an alles gedacht habe.

Man konnte die Menschenmenge schon von weiten hören. Als sie um die Ecke bogen, sahen sie, dass nahezu jeder aus der Stadt gekommen war, um Nitram Glück zu wünschen. Durch die Menge watend, wurden sie von dem ganzen Stadtvolk aufgemuntert. Vom Friseur zum Bankier, vom Rentner bis zum Wirt, alle waren gekommen, um Nitram zu verabschieden.

His wrinkled, callused hands shook Nitram's, ' ... and remember: if by any chance you see a Pugna warrior, stay out of his way. If you have to contact me, Atiram, here is my address.'

He scribbled it in the margin of the local newspaper.

' ... and Nitram, you must send it via a Whisper.'

Nitram and Atiram looked bewildered.

'Yes, something new. A Whisper is a sheet out of this book. It's a pity we didn't have something like this in Mottley's days!' He handed Nitram a small grubby-looking book with strange foreign sentences written across the cover. 'Rip out a page, write your message on it, fold it together, put my name on it, and then place it on the ground in front of you, it will fly straight to me. I will then inform Atiram. You must stay clear of all insects and trust only the tools and the "Sapiens".'

' ... and the townsfolk.' added Atiram.

'Least of all the townsfolk.' he replied turning to go. 'Take care!'

Nitram and Atiram watched him walk back down the garden path and along the road. They realized that they knew very little about Tranquillus—who he really was, where he lived—except for the fact that he was a friend of Nitram's grandfather and that he knew all about the tools.

Could he be trusted? Who could they trust?

They closed the door and sat next to the fire.

A rucksack, a walking stick, a leather hat, a thick leather overcoat and waterproof walking boots lay in a pile next to the door; Atiram had found a trove of useful material for him to take. Hung over the rucksack were grappling irons with a sturdy rope attached. Atiram looked back towards Nitram and her bottom lip began to quiver.

'Why should you stay clear of all the insects?' she asked.

'I don't know, Atiram. Maybe they are poisonous.'

'You will take care, won't you? No heroics?' she asked.

Nitram just drew her to him and they held each other until the fire in the hearth died down.

The next morning, after a hearty breakfast, they plodded down to the town square. Nitram was wearing his hat and overcoat, while Atiram was carrying his rucksack and asking him again and again if he had everything.

They could hear the crowd well before they could see them. Then, on turning the last corner, they saw that nearly everyone from the town had come to wish Nitram luck. Wading through the crowd, they were patted by nearly all the townsfolk, from the barber to the bankers, from the old age pensioners up to the landlords.

Die Schwelle lag nördlich der Stadt, hinter einem großen Dickicht, abseits der Straße nach Grebnednörf. Jeder wusste, dass sie da war, aber nur wenige trauten sich, dort hinzuschauen. Viel mutiger, als er sich fühlte, ging Nitram über das Pflaster. Der Weg zur Schwelle ging ziemlich schnell und je näher sie kamen, desto mehr Leute schienen hinterherzukommen. Der Bürgermeister ging ebenfalls mit. Er schüttelte ihre Hände und folgte ihnen. Das überraschte Nitram ein wenig. Er dachte, dass der Bürgermeister normalerweise immer vorausginge. Hinter dem Bürgermeister kamen eine Reihe ernster, rotgesichtiger Geschäftsleute. Es wurde eine ziemlich große, hektische Menge von mehr als hundert Menschen, und als sie von der Straße abbogen in Richtung Dickicht, blieb die Mehrzahl der Menschen auf der Straße stehen.

Nitram kletterte durch das Dickicht und als er die Schwelle sah, hielt er inne und starrte seine Frau an, ohne ein Wort zu sagen.

Die Ruhe war beunruhigend.

Der Tumult auf der Straße hatte aufgehört und der Bürgermeister gab ihm eine Flasche mit ‚Dr.Bones-bringt-dich-wieder-auf-die-Beine'. Nitram war nicht überrascht, dass sie ihm gegeben wurde. Nachdem er die Flüssigkeit heruntergespült hatte, wischte er sich den Mund ab und sagte: „Danke!" Geschüttelt von Emotionen sah er hinauf in den Himmel. Dieser war weit weg und hellblau, kaum eine Wolke zu sehen.

Er blickte von einem Zuschauer zum nächsten und sagte „Ich bin nicht wirklich gut im Verabschieden. Es ist also nun Zeit für mich zu gehen." Seine Lippen zitterten. ‚Zeig jetzt bloß keine Angst', dachte er.

Atiram ging einen Schritt von der Schwelle zurück und schluckte. Sie wollte weinen. Sie hatte das Bedürfnis, ihn zu umarmen und festzuhalten, aber sie hatten schon vorher entschieden, nicht zu viele Gefühle zu zeigen.

„Pass auf dich auf, Nitram!", flüsterte sie durch die geschlossenen Lippen. Er drehte sich zu ihr um und lächelte. Ihre Blicke trafen sich für einen kurzen Moment und dann drehte er sich wieder zurück, schritt über die Schwelle, am Punkt der letzten Wiederkehr vorbei und dann war er verschwunden.

Atiram fühlte sich plötzlich so leer und allein.

The Threshold lay to the north of the town, just off the road to Grebnednörf, behind a large thicket. Everyone knew it was there, but few dared to look. Showing more confidence than he felt, he strode off over the cobbles. The journey to the thicket passed rather quickly and the nearer they got the more people seemed to tag along. The mayor joined them as well. He shook their hands and walked behind them, surprising Nitram because he thought the mayor always walked at the front. Behind the mayor were a number of stern, red-faced businessmen. Soon there was a large bustling crowd of well over a hundred people and, as they turned off the road towards the thicket, the majority of the crowd stopped on the road. Nitram climbed through the thicket and, on seeing the Threshold, stopped dead in his tracks. He stared up at his wife, uttering not a word.

The silence was deafening.

The pandemonium in the road had ceased; and the mayor handed him a tonic bottle containing "Dr. Bones-put-you-up-ol'-son". Nitram didn't seem surprised to be receiving it. After draining it, he wiped his mouth and said thank you.

Swallowing with emotion he looked up into the sky. It was high and clear blue, barely a cloud to be seen.

He nodded from one onlooker to the next, then said, 'I am not very good at farewells, so it's time for me to go,' his lips were quivering. Don't show any fear now, he thought to himself.

Atiram stepped back a little from the Threshold and sighed deeply. She wanted to cry. She had the urge to put her arms around him and hold him tight, but they had decided beforehand not to show too much emotion.

'Take care, Nitram,' she whispered through lips which hardly seemed to move. He turned towards her and smiled. Their eyes met for a brief moment, then he turned around, walked through the Threshold, past the point of no return, and was gone.

Atiram suddenly felt empty and alone.

Die nicht-reale Welt

In Stille und niedergeschlagener Stimmung stand Nitram auf, erstaunt, erschrocken und mit der Gewissheit, dass es kein Zurück geben würde. Die Schwelle war wirklich eine Enttäuschung. Nur ein Loch in der Wand, durch das niemand hindurchgucken konnte. Ein Schlüsselloch zwischen zwei Welten. Es war eigentlich sehr enttäuschend. Er dachte, es wäre um einiges interessanter als nur ein Loch in der Wand.

Plötzlich begann die Schwelle zu verschwinden, Stück für Stück, ohne einen Laut, – bis sie nicht mehr zu sehen war.

Er erinnerte sich an Tranquillus, der gesagt hatte, dass sie sich bewegen würde. Er war froh, den Kompass bei sich zu haben.

Ein unbefriedigender Gedanke schoss ihm durch den Kopf. Wenn jemand außerhalb der nicht-realen Welt die „Uhr mit Kette" gestohlen hatte, wie sind sie dann heraus und wieder hereingekommen? Die Schwelle, über die er gegangen war, hatte sich dort seit fünfzig Jahren nicht mehr bewegt. Er fühlte, wie ein übles Gefühl ihn überkam. Warum war er hier, wenn nicht, um die „Uhr mit Kette" wiederzufinden?

Er schaute sich um und fand sich zwischen zwei wandartigen Gebilden wieder, die nicht aufzuhören schienen. Sie waren nur schwach beleuchtet mit

The Unrealworld

Nitram got to his feet in dejected silence, stunned and numb, realizing there was no way back.

The Threshold was really an anticlimax, just a hole in the wall that no-one could look through. A porthole between two worlds. It was rather disappointing; he had thought it would be a lot more spectacular, but it was just a hole in the wall.

Suddenly the Threshold began to disappear, bit by bit until it was gone, without a sound.

He remembered Tranquillus's words saying that it would move. He was pleased to have the compass.

An unpleasant thought ran through his mind—if someone out of the Unrealworld had stolen the "Watch and Chain", then how did they get in and out? After all, the Threshold that he had used had not been moved for the last fifty years. A sickening feeling come over him. Why was he here if not to recover the "Watch and Chain"?

He looked around and found himself between two wall-like structures that seemed go on forever. The place was dimly lit with light shining indirectly from his right, but ample enough to make out oddly-shaped mountains in the distance. He began to walk silently through musty smelling air. He had no idea which direction he should take, so he decided to walk straight on and after a while found himself entering a large plain. The mountains ahead were oddly patterned and Nitram could make out lines running through them.

A while later—he had lost all count of time—he stopped.

There was no wind and little noise except for a faint rumble far away. He was dispirited, weary and lonely. The monotony and pattern of this maze of brick paths, cut into the ground, were never-ending.

The rumbling noise slowly became louder.

Nitram held his breath; he could feel a faint shudder in the ground beneath him. He was tense and aware of his own fear. Suddenly, a loud crash came from the left and on turning he saw that the mountains there were beginning to move. He dived for cover, fearing for his life. The dim light changed to a blaze of bright light above him and a cool breeze blew along the brick pathways. The vibrations underground were so tremendous that small stones began to move, as if by magic, around his feet. It got even worse. He was shouting though no-one could hear him. The noise was now overpowering and Nitram held onto his rucksack. After a few moments however, the bright

Licht, das indirekt von rechts schien. Das Licht war gerade hell genug, so dass er eine Reihe merkwürdig geformter Berge in der Ferne erkennen konnte. Er ging langsam und ruhig durch muffig riechende Luft. Er hatte keine Ahnung, welche Richtung er einschlagen sollte und entschied sich, einfach nur geradeaus zu laufen. So kam er auf eine große Lichtung. Die Berge waren eigenartig geformt und Nitram konnte Linien erkennen, die durch sie hindurchzulaufen schienen. Eine Weile später – sein Zeitgefühl war schon nicht mehr vorhanden – hielt er an. Es gab keinen Wind und wenig Geräusche, nur ein leises Grummeln in weiter Ferne.

Er war entmutigt, müde und fühlte sich einsam.

Das grummelnde Geräusch wurde langsam lauter.

Nitram hielt seinen Atem an. Er konnte die Erde unter sich spüren; er spürte, wie sie erschüttert wurde. Er war angespannt und sich seiner Angst bewusst. Ein lautes Krachen von links ließ ihn sich plötzlich umdrehen. Er schaute dem Geräusch hinterher und bemerkte, dass sich die Berge in der Ferne bewegten. Er versuchte sich zu verbergen, um sein Leben fürchtend. Das Dämmerlicht wurde schlagartig zu einem grellen Schein über ihm und eine kalte Brise wehte über die Pfade aus Stein. Die Vibrationen in der Erde waren so erschütternd, dass kleine Steine anfingen sich wie von Geisterhand zu bewegen. Es wurde schlimmer und er schrie, doch niemand konnte ihn hören. Der Lärm war laut und Nitram hielt seinen Rucksack fest. Nach ein paar Momenten wurde das Licht wieder dunkel und der Lärm ebbte ab. Das Grummeln wurde weniger und verschwand. Er saß auf der Erde, seine Augen suchten die Landschaft von links nach rechts ab. Er wusste nicht, was er tun sollte. Die muffige Luft erreichte ihn wieder und Nitram wurde schwermütig und deprimiert. Sein schmerzendes Bein riet ihm, sich hinzusetzen und eine Pause einzulegen. Er öffnete den Rucksack.

„Warum muss ich bloß nach dieser dämlichen „Uhr mit Kette“ suchen?“, fragte er sich, „und warum ist keiner mit mir mitgekommen?“ Er aß ein Stück von Atirams Kirsch-Nuss-Kuchen und überlegte sich, was sie wohl gerade machte. Die Wärme und weiche Art von Atiram kamen ihm in den Sinn. Eine Erinnerung für einen kurzen Moment nur! Als er entlang des schwach erleuchteten Pfades schaute, kamen Verbitterung und Wut zurück.

Geistesabwesend schaute er auf, betrachtete die entfernten Berge. Während er sie anstarrte, fingen seine Augen etwas ein, das sie so noch nicht gesehen hatten. Die Umrisse der Berge verschwammen und mit einem Ausruf sprang er auf.

„Das kann doch nicht sein, oder? Ich glaube das nicht!“

light disappeared once more and the deafening noise ceased. The rumbling subsided and was gone.

He sat on the ground, his eyes darting nervously from left to right, not knowing what to do. The musty air returned and Nitram became sad and depressed. A dull pain in his legs told him that he should rest awhile so he opened his rucksack.

'Why do I have to look for this stupid "Watch and Chain"?' he asked himself out loud '... and why didn't someone come with me?'

He sat eating a piece of Atiram's cherry and nut cake and wondering what she was doing right now. The caress and the soft touch of Atiram wafted through his mind, a recollection for a brief moment only. Then, as he looked along the forsaken and dreary stone paths in the dim light, the bitterness and anger returned.

He looked up absentmindedly towards the distant mountains. Staring at them, his eyes began to focus on something he had not seen before and he looked as if he was seeing a ghost of some kind. In amazement, he began to examine the patterns that the mountains appeared to have. Then, suddenly, he was on his feet with a jerk.

'It can't be, can it? I don't believe it!'

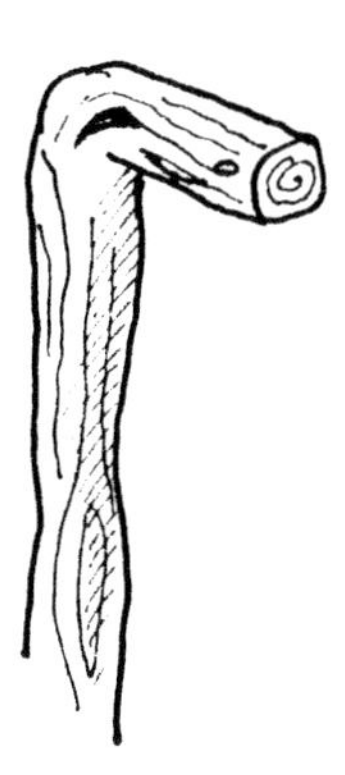

Der Page Brevis

Die Tage waren vergangen und von Nitram noch immer kein Zeichen. Nicht einmal ein Geflüster war an Tranquillus geschickt worden. Es war eine Nerven aufreibende Zeit. Atiram blieb die ganze Zeit im Haus außer Sichtweite. Einige ihrer Freunde hatten versucht sie zu erreichen, um zu sehen, ob es ihr gut ging. Doch sie ließ sie nicht an sich heran. Dinge, die ihm gehörten, erinnerten sie ständig an Nitrams Abwesenheit. Seine Bücher, seine Bilder, ja sogar sein Lieblingssessel. Sie arbeitete jeden Tag mehr, um sich selbst abzulenken und trotzdem wurden die Minuten zu Stunden und Stunden zu Tagen. Es hätte so für Monate weitergehen können, wenn es ihr nicht ein plötzliches Bedürfnis gewesen wäre, mit jemandem zu sprechen, um herauszufinden, was so geredet und gemacht wurde.

Sie zog ihre Jacke an und ging hinaus an die frische Luft.

Sie hörte die bekannten Geräusche der Stadt und ging zügig durch das Gartentor hinaus auf die Straße. Noch nie zuvor hatte sie sich so gefühlt, traurig, jedoch mit einem überwältigenden Willen stark zu sein, Leute zu treffen, mit Fremden zu reden und zu vergessen. Sie atmete tief und langsam, lachte sogar über sich selbst und widerstand dem Willen zu rennen.

„Guten Morgen, Atiram!“ Ein kleiner, untersetzter Mann stand an seinen Gartenzaun gelehnt und schien mit sich und der Welt im Einklang zu sein.

„Guten Morgen!“, antwortete sie und ging schnell weiter. Sie wollte so viel Zeit wie möglich in der Stadt verbringen, nur unter anderen Menschen sein – um ihre Gedanken vorerst von Nitram abzuwenden. Was tat er wohl? Wo war er? War er in Sicherheit?

Sie näherte sich einem Wegstück, wo die Straße enger wurde und scharf in die Vororte der Stadt abbog und plötzlich hatte sie das Gefühl, nicht allein zu sein!

“Du bist in einer Stadt, du dummes Mädchen“, sagte sie zu sich selbst um sich zu beruhigen. „Hier gibt es überall Menschen.“ Aber nein, dieses Gefühl war anders und um das zu unterstreichen, bewegte sich ein Schatten an ihrer rechten Seite. Sie wandte sich dem Schatten zu, entschlossen, stark zu bleiben, doch niemand und nichts tauchten auf. Sie ging unruhig. Plötzlich war ein Geräusch von Hufen hinter ihr und ein Fuhrwerk tauchte auf. Das machte sie sicherer!

„Guten Morgen, Frau Tims. Ich freue mich, Sie wieder ausgehen zu sehen. Es wird Ihnen sicher gut tun.“ Die Stimme hallte zwischen den Gebäuden, als ihr Eigentümer an den Zügel zog und versuchte ‚Pfütze', sein Pferd, zum Stillstand zu bringen.

„Guten Morgen, Herr Van de Bloemen. Womit sind Sie denn beschäftigt?“

The Servant Brevis

Days had passed and there was still no sign of Nitram, not even a whisper sent through Tranquillus. It was an awful, nerve-racking time. Atiram stayed indoors, out of sight, even though many of her friends had tried to contact her to see if she was all right. She found herself reminded again and again of Nitram's absence because his things were everywhere, his books, paintings, and his favourite chair. She began to work harder and harder, trying to keep her mind distracted and gradually the minutes turned into hours and the hours into days. It could have gone on for months, were it not for a sudden desire to talk to someone, an urge to find out what was going on. She put on her coat and walked out into the fresh air.

She had no sooner reached the door than she heard the familiar sounds of the town. She found herself walking briskly through the gate and down the road.

She had never felt like this before—sad but with an overwhelming desire to be strong, confront people again, talk to strangers, forget.

She was breathing deep and slow; she even laughed at herself and resisted the desire to run.

'Good morning, Atiram!' A small stocky man stood leaning over his garden fence seemed at peace with the world.

'Good morning!' she replied briskly walking on. She wanted to spend as much time as she could in the town, just being amongst people, trying to take her mind off Nitram. What was he doing? Where was he? Was he safe?

She was nearing a section of the road where it narrowed and turned sharply as it entered the outskirts of town, when suddenly she had a strange feeling that she was not alone.

'You are in a town, you silly girl!' she spoke to herself, calming herself, 'There are people everywhere.' But no, this feeling was different and, to emphasise it, a shadow moved as if by magic to her right. She turned towards it, determined to be strong, but no-one and nothing appeared. She walked on uneasily. There was suddenly the sound of a harness and hooves from behind her.

A cart appeared around the corner and she felt reassured.

'Good morning, Mrs. Tims. I'm glad to see you out and about. It'll do you good,' the voice bellowed between the buildings as its owner pulled on the reins to bring "Puddle", his horse, to a standstill.

'Good morning, Mr. Van de Bloemen. Busy, are we?'

'Oh. I've been selling my wares in Grebnednörf,' he lifted a cloth covering a large crate with "The Van de Bloemen Bakery" printed on the side, and Atiram noticed a few loaves lying at the bottom.

„Oh, ich habe soeben meine Waren in Grebnednörf verkauft." Er hob ein Tuch und präsentierte eine große Kiste mit der Aufschrift „Bäckerei van de Bloemen" auf der Seite. Atiram bemerkte einige Brote, die unten in der Kiste lagen. „Schön, das zu hören. Wie geht es Ihrer Frau?" Sie fingen an über dies und das zu plaudern. Van de Bloemen wollte sich eigentlich nach Nitram erkundigen, hielt es allerdings für unklug. Atiram bemerkte, dass Van de Bloemens Pferd ungewöhnlich unruhig war, mit Schaum vor dem Maul, umherirrenden Augen und aufgestellten Ohren.

„Was ist denn mit Pfütze los? Haben Sie ihn zu schnell laufen lassen?" „Nein, und ich verstehe es nicht. Er war vor ein paar Minuten noch in Ordnung. Ich glaube, ich sollte zusehen, dass ich schnell zurück zum Stall komme. Ist aber eine komische Sache. Naja, bis später!", und er schoss davon.

Atiram sah zu, wie er um die Ecke fuhr und grinste in sich hinein. Henry Van de Bloemen, den Bäcker, hatte sie schon immer bewundert, aber nun, wo sie wieder alleine war, kam das komische Gefühl verfolgt zu werden wieder. Forschen Schrittes ging sie weiter. Sicher fühlte sie sich wieder, als sie auf den Marktplatz einbog. Die Sonne schien warm auf ihr blondes Haar. Es war Markttag und durch die Menge der Einkaufenden und der Stände sah sie Van de Bloemen, wie er seiner Frau Winnie die restlichen Brote aus dem Wagen zum Verkaufen gab, bevor er losfuhr, um sein Pferd zu füttern.

Menschen verteilten sich zwischen den Ständen, kauften Gemüse, Früchte, Fleisch und Feuerholz. Sogar Vieh war zum Verkauf da. Atiram genoss die verschiedenen Gerüche von Zimt, Sandelholz, Mimose und die vielfältigen Fruchtfarben, die sich zwischen dem Salatgrün einreihten. Atiram kaufte ein paar Sachen und bemerkte, dass, wenn sie an Leuten vorbeiging, diese flüsterten, ihren Namen nannten und nickten. „Total normal", dachte Atiram und ignorierte sie, sich amüsierend und mit jedermann redend, den sie traf. Die Einkäufe der vorsichtigen Atiram machten keine große Menge aus, aber langsam kam ihr Appetit wieder. Winnie Van de Bloemen erzählte ihr, dass sie sich ein Mittagessen im „Bay Willow" gönnen würde und Atiram beschloss mitzukommen. Die beiden gingen los, über die Straße aus Pflastersteinen, einen kleinen Weg hinauf und in das Hotel. Es war nicht der einzige Ort in Nednem, wo man Essen gehen konnte. Das „Weedy Inn" hatte auch eine Küche, war jedoch nicht für seine Gerichte berühmt, eher für seine Schlägereien und Unruhen. Drinnen war es dunkel, aber es roch sauber in der Luft und so setzten sich die beiden ans Fenster. Winnie schob ein paar Figuren auf der Fensterbank an die Seite und öffnete das Fenster. Ein heller Lichtschein strahlte durch das Fenster und Atiram roch den süßen Duft frischer Frühlingsblumen. In den kleinen Scheiben der Fenster beobachtete sie ihr Spiegelbild. Winnie war eine gutherzige, einfache Frau, mit langem, dickem,

‘Pleased to hear it. And how’s your dear wife?’ They began to chat about this and that. Mr. Van de Bloemen wanted to ask about Nitram, but thought it unwise. Atiram noticed that Van de Bloemen’s horse was awfully nervous; it was foaming at the mouth, its eyes were darting and its ears were erect.

‘What’s wrong with Puddle? Have you been pushing him too hard?’

‘No, I don’t understand it; he was all right a few minutes ago. I think I ought to get him back to his stable. Odd thing though. Well, see you later!’ and off he shot.

Atiram watched him proceed round the corner and smiled to herself. She always admired Henry Van de Bloemen the baker, but now that she was alone once more, the odd feeling of being followed returned. She moved on briskly.

kastanienfarbenen Haar. Ihre Familie stammte aus einer langen Linie von Landbewohnern, Bauern, und auch jetzt, wo sie in der Stadt, in einer Bäckerei lebte, hatte ihr Herz immer noch den Ausdruck eines Landmädchens. Das Essen, das sie für beide bestellte, unterstrich ihre Abstammung, eine einfache Mahlzeit.

Eine kräftige Suppe, danach Huhn mit Kartoffeln, Weißkohl und Kohlrabi. Zum Nachtisch bestellte sie Apfelkuchen mit Sahne. Sie genoss es. Später kam Mademoiselle Souflet, die hübsche Besitzerin des Hotels zu ihnen herüber und stimmte in ihre Unterhaltung ein. Mit ihrem leichten Akzent und der sanften Art war sie genau die richtige, um Atiram dazu zu bringen, sich zu öffnen.

„Vielen Dank, euch beiden, für dieses hervorragende Essen, aber leider muss ich jetzt gehen“, sagte Atiram, auf ihren Magen klopfend.

„Wenn es irgendetwas gibt, was wir tun können ... “

„Werde ich euch das natürlich wissen lassen“, und dann nach einer kurzen Pause, „ihr beide seid wirklich sehr nett, aber ich muss jetzt gehen. Nochmals danke!“

She felt reassured on entering the town square. The sun felt warm on her blond hair. It was market day and through the bustle of the stores and shoppers she noticed Van de Bloemen giving his wife, Winnie, the remaining loaves from his cart to sell before driving off to feed his horse.

People were mingling between the stands, buying vegetables, fruit, meat and firewood—even cattle were on sale. She enjoyed the different smells of cinnamon, sandlewood and mimosa, and the vivid fruit colours set between shades of salad green. Atiram bought a few bits and pieces and noticed as she passed that people were whispering to each other, mentioning her name and nodding.

'Completely normal,' she thought, ignoring them and enjoying herself, talking to everyone she met. Atiram's purchases didn't really amount to much and slowly and surely her appetite returned. So when Winnie Van de Bloemen told her that she was going to treat herself to a lunch at 'The Bay Willow', Atiram agreed to go along; and off they went, down a cobbled road, up a lane and into the hotel. It wasn't the only place where one could get lunch in Nednem. There was also 'The Weedy Inn' in the town, but that wasn't really renowned for its meals—more so for the fights among the louts it seemed to attract.

Inside 'The Bay Willow' it was dark, but there was a clean smell in the air. They both sat next to a window and Winnie pushed a number of ornaments to one side of the sill and opened it. A gush of bright light beamed through the opening. Atiram caught the smell of sweet spring flowers; and she could see her reflection in the convex and concave window panels.

Winnie was a good down-to-earth type of woman with long chestnut brown hair that was thick and wavy. Her family came from a long line of farming folk and, even though she now lived in the town, in a bakery, her heart had retained the essence of a country girl. The food she ordered for both of them underlined the fact—it was a simple meal.

It began with a hearty soup, then chicken with potatoes, cabbage and parsnips. The sweet afterwards consisted of apple pie and cream. The two women really enjoyed it. Later Mademoiselle Souflet, the pretty young owner of the hotel, came over and joined in their conversation. With her gentle accent and soft touching ways, she was just the right person to gently ease Atiram to open her heart.

'Thank you both for a lovely meal and your hospitality, but I'm afraid I must go!' said Atiram, patting her stomach.

'If there is anything we can do ... ?'

'Of course I'll let you know,' and then after a small pause, 'You are both very kind, but I have to go now ... thanks again!'

Die Damen protestierten, ließen sie aber gehen und Atiram trat hinaus auf die belebte Straße. Träumend ging sie drauf los und trug ihre Einkäufe durch die Stadt nach Hause. Langsam aber sicher überkam sie wieder das Gefühl, verfolgt zu werden. Sie ging zügig voran, nach links und rechts schauend und nach einem Zeichen suchend, wer sie verfolgte. Das warme Gefühl von vor ein paar Minuten war kaltem Schweiß gewichen. Sie war eine mutige Frau, wenn sie ihren Gegner kannte. Ihr getrübtes Denken wurde durch einen Mülleimer, der zu ihrer Rechten umgestoßen wurde, unterbrochen.

„Wer ist da?", fragte sie, keine Antwort erwartend.

„Bist du alleine?"

Eine Frage aus dem Nichts, vielleicht von der anderen Seite der Straße. Atiram war zu Tode verängstigt.

Sie blieb stehen und mit zitternder Stimme fragte sie noch einmal:

„Wer bist du?"

Die Stimme wiederholte sich:

„Bist du alleine?"

Dann, nach einer Pause, „Mein Name ist Brevis. Mottley schickt mich!"

„Mach keine Witze, Mottley ist seit mehr als fünfzig Jahren tot." Sie war von ihrer eigenen Courage überrascht.

„Da liegst du falsch, Atiram. Mottley lebt und es geht ihm gut. Er lebt nun in der nicht-realen Welt, mit mir, Brevis, und er hat gehört, dass eure „Uhr mit Kette" gestohlen worden ist. Und dass dein Ehemann auf der Suche danach ist. Er schickte mich, um mit Nitram zu reden, aber ich bin wohl zu spät."

Er machte einen Schritt aus dem Schatten und wurde sichtbar. Atiram sah eine kleine, zwergähnliche Figur auf sich zukommen. Sie blieb wie angewurzelt auf der Stelle stehen und obwohl sie immer noch zitterte, musste sie bei Brevis Anblick leicht lachen.

Nachdem der erste Schock weg war, fragte sie:

„Und du meinst wirklich, dass ich dir glauben soll?"

„Ich wurde geschickt, um deinem Mann zu dienen. Aber da er nicht hier ist, kann ich immerhin dich unterstützen."

Seine großen Ohren zuckten in der Sonne. Eine Fliege landete auf einem und er schlug sie weg.

Während er da stand, zu ihr aufsah und ihre Fragen beantwortete, ließ Atiram ihren Gedanken freien Lauf. Sie bemerkte, wie komisch Brevis aussah mit seiner lustigen Stupsnase, seinem unrasierten Kinn und dem strubbeligen Haar. Seine Arme und Beine schienen viel zu groß für seinen pflaumenförmigen Körper zu sein und seine spitzen Zähne machten den Anschein, als wären sie ...

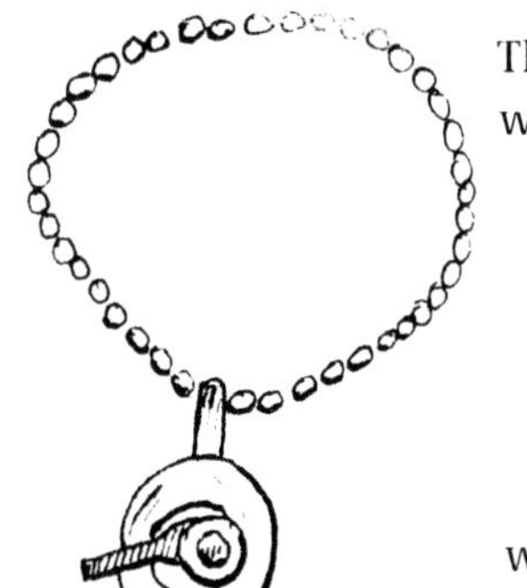

The ladies protested but let her leave and Atiram walked out into the open air of the busy street outside.

She walked along, daydreaming, carrying her shopping through the midday town towards her home. But slowly and surely this feeling of being followed returned. She walked briskly along, looking both left and right, searching for a sign of whoever it was. The warm feeling of a few moments ago had now become a cold sweat. She was a brave woman, provided she knew what she was up against. Her fearful thoughts were interrupted by a dustbin being tipped over to her right.

'Who's there?' she asked, not expecting an answer.

'Are you alone?' came a question, maybe from the other side of the road, though there was no-one in sight. Atiram was now terrified.

She stopped in her tracks and in a trembling voice asked yet again, 'Who's there?'

The voice repeated itself, 'Are you alone?' Then, after a pause, added ' ... my name is Brevis. Mottley sent me.'

'Don't be silly, Mottley died fifty or so years ago!' she replied, surprised at her own courage.

'You are mistaken, Atiram. Mottley is alive and well. He lives in the Unrealworld now, with me, Brevis. He heard that the "Watch and Chain" had been stolen and that your husband was on the way to find it. He sent me to get in touch with Nitram, but I am too late.'

He stepped out of the shadows and became visible.

Atiram saw a small gnome-like figure, come towards her. She remained transfixed to the spot and, even though she was still trembling, was rather amused by the look of him. After the initial shock had subsided, she asked, ' ... and you expect me to believe that!'

'I have been sent to serve your husband but, since he is not available, I can at least assist you.'

His large ears were twitching in the sun; a fly landed on one, so he brushed it off.

While he stood there, looking up at her and answering her questions, Atiram began to let her thoughts roam. She noticed how odd he looked with his funny stubby nose, unshaven chin and coarse hair. His arms and legs seemed to be much too long for his plum-shaped body, and his pointed teeth seemed to be something out of ...

„Frau Tims. Es sieht so aus, als starrten Sie mich an. Beleidige ich Sie oder greife ich Sie in irgendeiner Weise an?“

Das war Atiram peinlich. „Oh, Verzeihung, komm mit mir. Du kannst mir mehr bei einer Tasse Tee in Lillies Teehaus um die Ecke erzählen.“

„Oh, das würde ich gerne machen“, antwortete er. „Und wenn Sie etwas zu essen machen könnten, wäre ich sehr zufrieden.“

Unterwegs erklärte er ihr, dass er Hunger auf ein Pferde-Sandwich hätte. Dummerweise sei man hier jedoch dazu übergegangen, Pferde zu reiten und nicht zu essen. Nun verstand Atiram auch, warum „Pfütze“ so nervös gewesen war.

Lord Dux

Es war ein vollkommen anderes Land. Eigentlich war es eine große Insel, auf der viele verschiedene Leute unterschiedlichster Rassen lebten. Auf der einen Seite der Insel hatte eine Wetterfront in den letzten paar Tagen das Schlimmste angerichtet, aber jetzt hörte der Schnee auf zu fallen und hinterließ weiße und nasse Häuser. Pfützen mit schmieriger, halb gefrorener Matsche reflektierten die Lichtschimmer, die durch die offenen Türen der lauten Säle kamen. Ohne einen Laut kam eine dunkle autoritäre Gestalt in den Saal und schaute durch die Länge des ausgedehnten Flures, in staubigem, düsterem Licht badend, in die Ecke, wo die Neuen standen.

Die dunkle Gestalt war Lord Dux, und als sie ihn als Silhouette auf der Steinwand sahen, wurde ihre gurgelnde Unterhaltung in der eigenartigen grunzenden Sprache leiser. Er wartete, bis es still wurde. Sein muskelbepackter Körper leuchtete im Kerzenschein, und seinem kleinen Horn, das von seiner Stirn emporragte, fehlte ein Stück. Er hörte ein leises Husten und das Klappern einer Rüstung. Mit seinen Augen – zwei Punkten in einem runzligen Gesicht – drehte er sich um und suchte den Schuldigen.

Plötzlich richtete er sich kerzengerade auf, hielt die Luft an, breitete seine Arme aus – während er seinen großen haarigen Kopf in den Nacken warf – und ließ einen enormen grunzenden Schrei heraus, der durch den Saal dröhnte. Jedermann zeigte er zwei Reihen spitzer Zähne. Die Menge verwandelte sich in einen See aus erhobenen Schwertern und sie antworteten mit einem ähnli-

'Mrs. Tims. You seem to be staring at me. Do I offend you in any way?'

Atiram was embarrassed. 'Oh! I beg your pardon. I was miles away. Why don't you come with me. You can tell me more over a cup of tea at Lillie's tea shop round the corner!'

'Oh, I´d love to, Mrs. Tims,' he replied, 'And if she could make me something to eat, I would be more than satisfied!'

On the way, he went on to tell her that he would prefer a horse sandwich, but that they tended to ride them around here instead of eating them. Atiram understood now why 'Puddle' was so nervous!

Lord Dux

It was a completely different country altogether. In fact it was a huge island where many different races of people lived. On one side of the island, a weather front had been doing its worst for the past few days, but now the snow had stopped falling, leaving behind white, wet houses. Puddles full of slushy, half-frozen mud reflected the shimmer of lights from the open doors of the noisy hall. Without a sound, a dark figure entered the hall and peered down the immense length of the vast room, bathed in dusty, morbid light, towards the far corner where the majority of the newcomers stood.

The dark figure was Lord Dux and once those present saw him silhouetted against the stone wall, the great gurgle of chattering in their odd grunting language began to cease.

He waited until all was quiet. His muscle-bound body gleamed in the candlelight, and the small horn protruding from his forehead had a piece missing.

He heard a slight cough and the rustle of armour and with piercing eyes—two dots in a wrinkled face—he swung round looking for the culprit.

Suddenly Lord Dux stood up straight, drew in his breath, threw his arms wide while tossing his big hairy head back into his neck and let out an enormous grunting bellow that boomed around the hall, showing everyone two rows of pointed teeth.

The crowd exploded into a sea of raised twin Olk swords and they replied with a simular loud, unbearable, grunting noise, full of praise for their leader.

chen, unverwechselbar lauten, unerträglichen, grunzenden Schrei, voller Lob für ihren Anführer. Das Getöse konnte man meilenweit entfernt hören.

Die Kämpfe der letzten Jahrzehnte hatten die aggressiven Krieger der Pugna hart getroffen und viele besaßen Narben, die es bewiesen. Schnell wurde die Menge wieder still und die Neuankömmlinge, schmutzig und müde von ihrer langen Fahrt, schoben sich bis ganz nach vorn durch die Menge. Vor ihrem Anführer angekommen, hielten sie und verbeugten sich pflichtbewusst.

„Erhebt euch!“, grunzte der. „Hauptmann Magnus, bringen Sie gute Nachrichten?“

Ein vom Krieg gezeichneter Offizier der Pugna bewegte sich nach vorn. Sein breiter Mund zeigte eine erbärmliche Angst. Seine Uniform war ein bisschen anders als die der restlichen Krieger. Sie hatte Schulterstücke aus Leder und sein Hemd hatte mehr Löcher als Stoff.

„Mein Herr, wir haben den desertierten Soldaten Trog nicht wiedergefunden, aber wir haben herausgefunden, dass er plant, jemanden in die nicht-reale Welt einzuschleusen. Wir wissen auch, wo er sich versteckt hat. Der Vermummte hat ihm Unterschlupf gewährt. Nicht weit von Nednem entfernt.“

„Kam Mottley nicht von dort?“, fragte dieser und guckte Magnus direkt in die Augen. Die Menge wurde wieder einmal wütend, als sie Mottleys Namen hörte.

„RUHE!“

Magnus nickte. „Ja, Herr.“

„Erzähl mir alles, was wichtig ist.“

Weitere Wahrheiten tröpfelten von Magnus’ Zunge, über Aufenthaltsorte von Leuten erzählend, die für die Pugna Feinde waren. So wie die Sapiens vom Süden der Insel, die gefürchtet waren wegen ihrer großen Intelligenz. Die Sa-

The roar could be heard miles away.

The wars of the last few decades had been hard on these aggressive Pugna warriors and many possessed the scars to prove it.

Soon the crowd began to settle down once more and the newcomers, dirty and tired from their long journey, with snow melting on their helmets, pushed themselves through the hostile crowd towards the front. On arriving before their leader, they stopped and bowed dutifully.

'Rise,' he grunted. 'Captain Magnus, have you brought me good news?'

A battle-worn Pugna officer moved forward, his mouth of tiny teeth wide in abject fear. His uniform was a little different to the others, with leather shoulder pads and a vest that had more jagged holes than material.

'Lord, we have not found the deserted warrior Trog, but we have discovered that he is planning to pursue someone into the Unrealworld. We also know where he was hiding. The 'Hooded One' has been giving him shelter not far from Nednem!'

'Didn't Mottley come from there?' asked Lord Dux, looking Magnus straight in the eye. The crowd became hostile again on hearing Mottley's name.

'Quiet!', Lord Dux's voice reduced the horde to silence.

Magnus nodded, 'Yes, my lord.'

'Tell me everything that is relevant.'

More tales rippled from Magnus's tongue, reporting on the whereabouts of many people who were enemies of the 'Pugna' such as the Sapiens people to the south of the island who were mistrusted because of their superior intelligence. The Sapiens distrusted the Pugna warriors because of their size and strength, a tit-for-tat war had been going on for centuries, ever since the 'Living Rights' went missing from the Barrier Mountains. But Magnus also reported about the stolen 'Watch and Chain'. The Pugna leader listened with eager ears. The reports he normally received were in written form, a deluge of cryptic messages from faraway outposts. To receive it via a courier was a treat he did not get too often. Neither Dux nor Magnus understood why anyone would want to steal the 'Watch and Chain' and Dux let the news of its disappearance go unquestioned.

A knot of people standing round Lord Dux were scribbling down notes of what was being discussed. His lordship would then read through their notes later to make sure that everything was to his satisfaction.

Magnus's report took another ten minutes, interrupted by breaks during which Dux asked questions. But soon it was over, much to the relief of Captain Magnus who knew of Dux's temper.

Standing behind Magnus's right shoulder was his wife Greda, a strong-

piens wiederum trauten den Pugna nicht, wegen deren Größe und Stärke. Ein „Wie-du-mir-so-ich-dir-Krieg“ herrschte seit Jahren, seitdem die Lebensrechte aus dem Barriere-Gebirge verschwunden waren. Aber Magnus berichtete auch über die gestohlene „Uhr mit Kette“. Der Anführer der Pugna lauschte aufmerksam. Normalerweise bekam er geschriebene Berichte, eine Schwemme kryptischer Nachrichten von fernen Außenposten. Berichte per Boten zu bekommen war er nicht gewohnt. Weder Dux noch Magnus verstanden den Grund, warum jemand die „Uhr mit Kette“ überhaupt stehlen wollte und Dux ließ die Nachricht des Verschwindens unkommentiert.

Eine Menschentraube, die um Lord Dux herumstand, kritzelte Notizen über das, was gesprochen wurde, mit. Seine Hoheit würde ihre Aufzeichnungen später noch einmal durchlesen, um sicherzugehen, dass alles seine Ordnung hatte und zu seiner Zufriedenheit war.

Magnus' Bericht dauerte weitere zehn Minuten mit Pausen, in denen Dux Fragen stellte. Aber ziemlich schnell war es vorbei, was Magnus erleichterte. Er kannte Dux' Wut nur zu gut.

Rechts hinter Magnus stand seine Frau Greda, eine kräftig aussehende Frau, deren einziger Unterschied zum Rest der Eskorte ihre weiblichen Rundungen waren. Ansonsten war jeder Anflug von Weiblichkeit verschwunden. Sie trug die gleiche Art von Uniform, jedoch mit einem Hemd, das etwas weniger kaputt war als die der anderen. Ihr Haar war kurz und männlich mit einem wohlproportionierten Horn über ihrem hübschen, aber verschmutzten Gesicht.

„Herr, wir haben unser Bestes getan“, bemerkte sie, als sie sich an ihrem Mann vorbeischlängelte, um sich besser verständlich zu machen.

Lord Dux schaute auf und grinste.

„Wer hätte gedacht, damals, als du noch ein kleines, schreiendes Monster warst, dass du zu einer großartigen, gutaussehenden Kriegerin gedeihen würdest. Wir alle sind sehr stolz auf dich, Greda.“

Greda wurde rot im Gesicht und bekam keinen Ton heraus.

Magnus, laut lachend, wollte seinen Arm um seine Frau legen, aber sie drehte sich um und wollte ihn schlagen. Magnus reagierte blitzschnell und duckte sich. Aber ein großer, unbeholfener Kamerad, der hinter ihm stand, war ein bisschen zu langsam und bekam die volle Kraft ihrer geballten Faust auf seinem breiten Kinn zu spüren. Der ganze Raum brach in Gelächter aus, als Greda ihm beim Aufstehen half und ihm, sich tausendmal bei ihm entschuldigend, den Staub von der Uniform klopfte.

„Kommt! Esst und trinkt und schont eure schmerzenden Knochen!“, sagte Lord Dux, über die Szene auf der Erde lachend. „Wir haben eine Menge zu tun, aber nicht mit leerem Magen!“

looking woman, the only noticeable difference to the remaining escorts being her female roundness, thoughbut every other aspect of feminity was eliminated. She wore the same type of uniform, including a vest which was less damaged than the others. Her hair was short and masculine with a well-proportioned horn sitting above a pretty, but dirty face.

'We have done our best, Lord!' she remarked, moving around her husband to get her message across.

Lord Dux looked up and grinned.

'Who would have thought when you were a small screaming monster that you would blossom into such a great, good-looking warrior, Greda! We are all proud of you.'

Greda blushed and found herself tongue-tied.

Magnus, laughing out loud, was about to put his arm around his beloved wife, but she turned to hit him. Magnus ducked, but a big ungainly companion standing nearby was too slow to react and felt the brute force of her clenched fist on his broad chin.

The whole room erupted with laughter as Greda picked up her fellow companion off the floor and began to apologise whilst dusting him down.

'Come. Eat, drink and relax your aching bones,' said Lord Dux, smiling at the scene on the floor. 'We have a lot of work to do, but not on an empty stomach!'

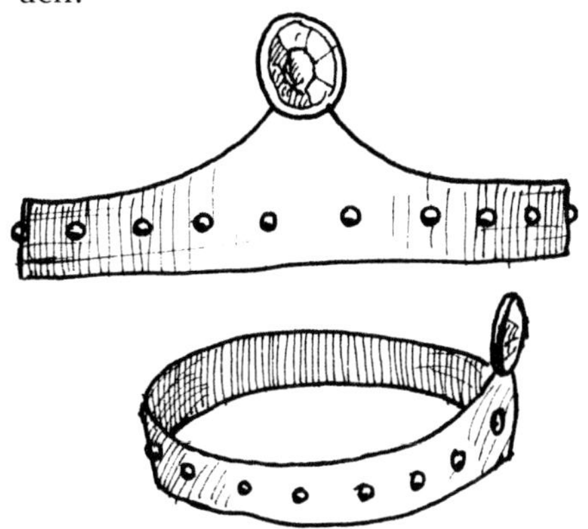

Ein schwach beleuchteter Keller

Nitrams Lippen zitterten; er fühlte, wie sein Magen und seine Brust wieder anschwollen, bevor er sprach.

„Es kann nicht sein!"

Seine Augen, weit geöffnet, waren vollkommen gebannt vom Anblick der sogenannten Berge, die vor ihm lagen. Er ging los, aber als ihm sein Rucksack wieder einfiel, kehrte er um und warf ihn über seine Schulter. Er merkte, dass er nicht länger lief, sondern rannte und die ganze Zeit die Berge dabei anstarrte. Langsam wurde die Sicht klarer. Er konnte die gestiegene Anspannung und das Zittern in sich spüren, als er sich bewusst wurde, was er da sah. Die Berge gegenüber waren in Wirklichkeit eine Wand und die Linien, die daran entlang gingen waren Regale. Zu seiner Linken war eine riesengroße weiße Tür.

Eine Tür!

Es war unmöglich, seine nächste Handlung zu stoppen. Er hielt sofort inne, presste seinen Körper an die Seite des Weges, schnell nach links und rechts schauend. Sein Gesicht war im Schatten nicht zu erkennen. Ein Blick des Schreckens ging durch seine Augen, als er sich an die alten Geschichten, die wieder und wieder erzählt wurden, erinnerte, in denen von Riesen, die auf der anderen Seite der Schwelle leben sollten, die Rede war. Bislang hatte er sie immer als schlechten Scherz abgetan. Wie er sich doch getäuscht hatte!

Hier im freien Gelände kann ich nicht bleiben, dachte er, und zurückrennen, dafür war es zu weit. Außerdem, wohin sollte er zurück? Die Schwelle hatte sich bewegt.

Den Kompass benutzen? Nein, keine Zeit. Er musste weiter zu den Regalen laufen; zwischen ihnen konnte er sich verstecken.

Er schaute zu der Tür und erwartete schon fast, dass sie sich öffnete. Er zögerte eine Sekunde lang, um dann mit all seiner Kraft zu rennen.

Trotz seines müden laut klopfenden Herz und seines erschöpften Körpers, der schrie aufzuhören, rannte er weiter, seinen Geist darauf fixiert, die Regale zu erreichen. Plötzlich stoppte er.

Vor ihm stand ein riesiger Ohrenkneifer. Die Insekten sehen mit ihren scharfen Kneifzangen echt gefährlich aus; aber wenn man selber kleiner ist als sie, sind sie furchteinflößend. Sie wackelte mit ihren Zangen und erhöhte so die Furcht Nitrams. Diese Insekten können fliegen, tun es aber nur sehr selten. Normalerweise sind es nachtaktive Tiere, dachte er.

„Deshalb sollte ich mich vor den Insekten in Acht nehmen. Warum hat er mir nicht einfach nur gesagt, dass sie so groß wie ein Haus sind?", dachte Nitram, wütend und starr stehend. Ohne mit der Wimper zu zucken versuchte er, seinen

A Dimly Lit Cellar

Nitram's lips trembled; he felt his stomach and chest swelling before he could speak again.

'It can't be!'

His eyes, open wide in bewilderment, were transfixed on the so-called mountains before him. He began to walk forwards but, remembering his rucksack, he returned and threw it over his shoulder. He realized that he was no longer walking, but running, staring at the sight in front of him which was slowly becoming clearer. He could sense the increased tension and trembling within himself as he became sure of what his eyes could see. The mountains opposite were in fact a wall, and the lines going through them were shelves. To his left stood a giant-size, white door.

A door!

It was impossible to stop his next reaction; he stopped dead in his tracks and pressed his body into the shadows at the side of the brick path, his eyes darting from left to right. His face was grey in the dimness and a look of terror entered his eyes as he remembered the old stories, told over and over again, of giants who lived on the other side of the Threshold.

Nitram had always shrugged them off as a joke. How wrong he had been!

He couldn't stay there in the open; to run back would be too far—and run back to what! The Threshold had moved! He would have to run on towards the shelves where he might be able to hide.

He looked towards the door, half expecting it to open. He hesitated a second and then with all his strength he began to run.

Though his tired heart was pounding and his exhausted muscles were aching, on he ran, his mind focused on reaching the shelves.

Suddenly he stopped in his tracks. Standing before him was a huge earwig. These insects with their pair of sharp pincers look dangerous at any time, but if one is smaller than they are, they look not only dangerous but terrifying; and the way it was waggling its pincers intensified the alarming effect on Nitram. These insects can fly, but rarely do. They are normally nocturnal, he thought.

'That's why Tranquillus said I should keep clear of all insects! Why didn't he just tell me they were as big as a house!' he thought, thinking furiously, standing as if frozen; rigid and motionless, wondering whether he should try to edge his way back along the brick path.

Then Nitram had an idea. He threw down his rucksack and took out the 'Tools', trying to keep calm.

Weg zurück über den gepflasterten Weg zu machen. Er hatte eine Idee. Er legte seinen Rucksack ab und holte die Werkzeuge heraus. Er war darum bemüht, ruhig zu bleiben. Den Unsichtbarkeitsknauf am Ende festhaltend, drehte er dessen Spitze. Wieder begannen die Funken zu fliegen. Zuerst erst um seinen Kopf und dann sanken sie langsam herunter auf den Boden. Der Ohrenkneifer hatte inzwischen erkannt, dass jemand in seiner Nähe war und kam Nitram neugierig entgegengelaufen. Nitram bekam Panik, aber er flüchtete sich gerade noch in Sicherheit, als er verschwand. War er wirklich sicher? Der Ohrenkneifer stand direkt vor ihm, einen riesigen Schatten über Nitram werfend, verwirrt und verärgert, dass sein Abendessen nun verschwunden war. Nitram stand regungslos da, hielt den Atem an und traute sich noch nicht einmal zu denken. Er stand da wie eine Statue und starrte einen Satz schwarze Beine an, die nur Zentimeter von seiner Nase entfernt waren. Er war erleichtert, dass der Ohrenkneifer weiterging, – direkt an ihm vorbei – über die Krone der Mauer. Die Spannung war gewichen, und nun, da die Gefahr vorüber war, fragte sich Nitram, ob er die ganze Zeit unsichtbar bleiben sollte. Er entschied sich aber dagegen und nur bei Bedrohung zu verschwinden. Er war sich nicht sicher, ob das ständige Unsichtbarwerden nicht vielleicht irgendwelche Nebenwirkungen hätte. Eine Weile noch blieb er unsichtbar, aber dann rannte er weiter zu den Regalen, mit einem Auge die Umgebung beobachtend, nur um sicher zu gehen, dass nicht noch ein Insekt auftauchte.

Es schien ihm wie eine Ewigkeit, aber nachdem er die Regale erreicht hatte, warf er sich unter das unterste und wartete.

Sein Körper brannte.

Ruhe.

Nach kurzer Zeit beruhigte er sich und drehte den Knauf wieder, um wieder sichtbar zu werden. Sein Herz klopfte.

„So weit, so gut!“, sagte er laut. „Aber wohin gehe ich jetzt??“

Er legte seinen Rucksack ab und nahm die Flasche aus der Seitentasche. Lange Zeit saß er dort unter dem unteren Regalbrett, trank und murmelte sich selber zu. Ihm dämmerte, was es sein konnte.

„Natürlich!“, murmelte er. „Es ist ein gepflasterter Boden und die schmalen Pfade hier sind die ausgewaschenen Fugen zwischen den einzelnen Steinen.“

Er kletterte einen Stein hinauf und schaute hinüber zur Tür. Sie war mindestens zehn Minuten Fußmarsch entfernt. Komischerweise war sein Kopf klar und nicht mehr so aufgewühlt, sondern fasziniert von dem, was da hinter der Tür sein konnte. Er fröstelte, teils durch Furcht, teils, weil der Raum langsam auskühlte. Es wurde dunkel, und es war ein langer Tag für ihn gewesen. Also entschied er, sich hinzulegen und auszuruhen. Er kletterte von dem Stein herunter

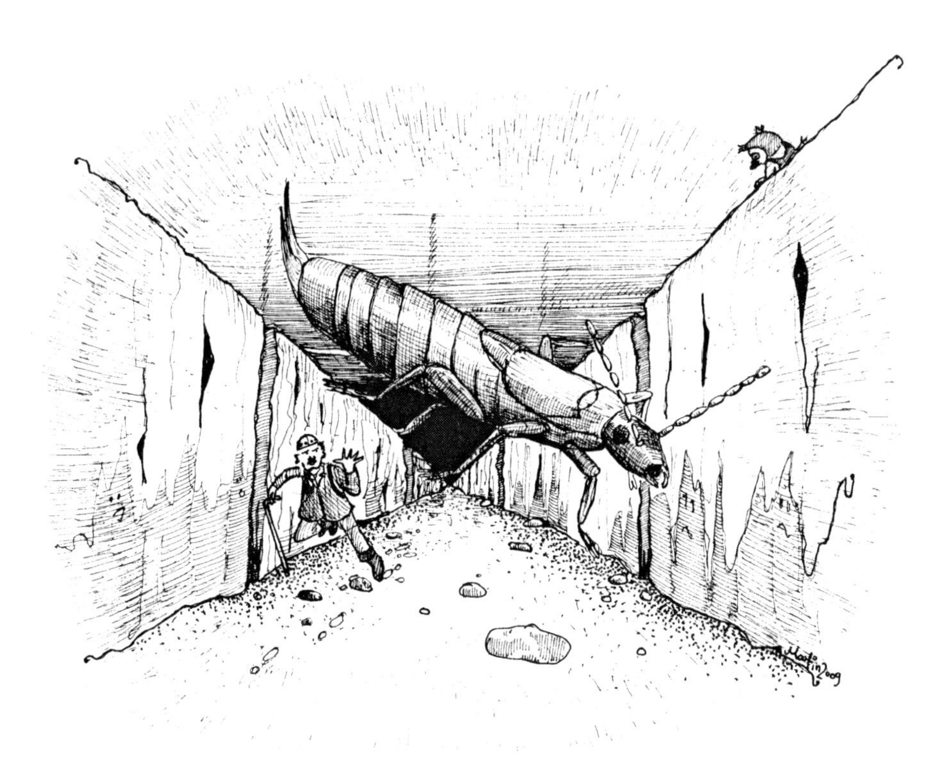

He produced the knob to make himself invisible and holding the base he turned the top. Suddenly the sparks began to fly once more, firstly around his head and then slowly drifting towards his feet. The earwig had by now realized that something was going on and was approaching him inquisitively.

Nitram felt panic rising, but was wrenched to safety just in time when he disappeared.

Or was he safe? The earwig was now standing directly in his path, casting its huge shadow over him, confused and angry on seeing its meal disappear. Nitram stood completely motionless, holding his breath, not even daring to think. He stood like a statue staring at a set of big, black legs only inches away from his nose. Then, to his great relief, the great creature began to move on, walking straight past him and over the top of the wall.

The tension eased now that the danger had passed. Nitram wondered for a fleeting moment whether he should stay invisible all the time, but decided against it. He would only use it in times of danger. After all, he wasn't sure if it had any side-effects or not.

He stayed invisible for a while longer and resumed his run towards the shelves, keeping a watchful eye on the surrounding area just in case another insect should appear.

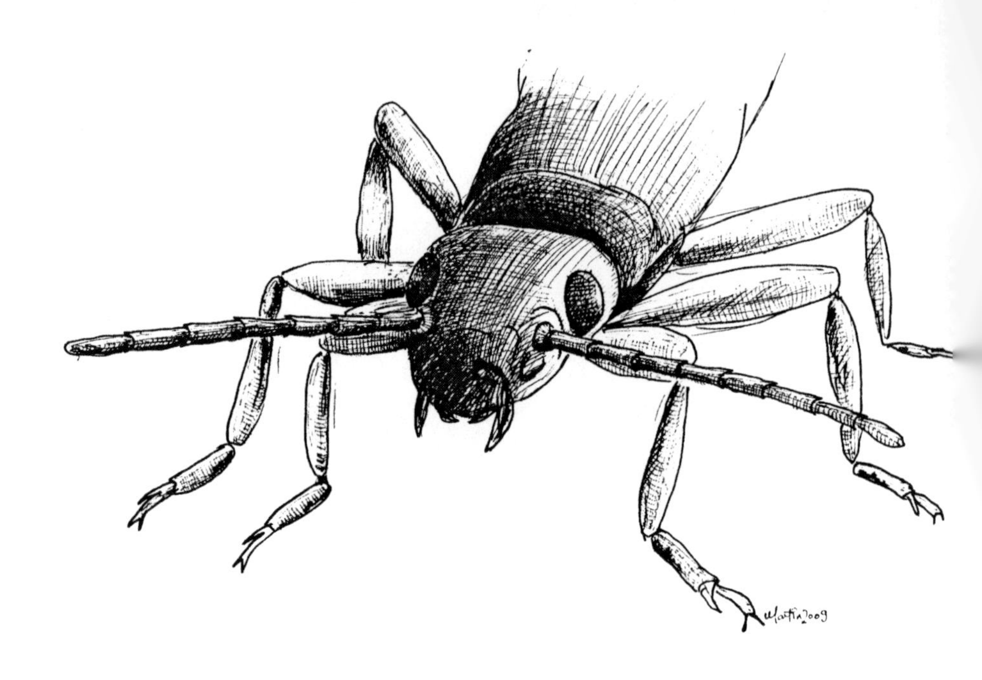

und machte sich ein Bett, indem er seine Schuhe als Kissen benutzte und seinen Ledermantel als Decke. Aber hier gab es keinen Frieden und keine Ruhe. Die leisen Geräusche, die ihn während des ganzen Tages begleitet hatten, schienen jetzt deutlicher zu sein. Es verging aber kaum Zeit, bis er in diesem unglaublichen Umfeld einschlief.

Am nächsten Morgen, als er weitere von Atirams verpackten Broten gegessen hatte, bemerkte er eine leere Dose in seinem Rucksack. Er lächelte, weil er glaubte, dass Atiram sie aus Versehen hineingetan hatte. Er legte sie zusammen mit der Trinkflasche zurück in den Rucksack und machte sich auf den Weg über die Fugen zur Tür. „Wie groß diese Monster wohl sein mögen?“, dachte er und versuchte sich die Größe eines einzigen vorzustellen. „Wie sehen sie aus und was essen sie?“

Er erreichte die Tür und konnte mühelos unter ihr durchgehen, ohne sich den Kopf zu stoßen. Ein großes Holzstück lag auf der anderen Seite der Tür und mit seinen Klettereisen überwand er das Hindernis mit ein wenig Mühe.

Dahinter schaute er auf einen großen hellbraun gekachelten Boden. Er ließ einen unterdrückten Seufzer heraus. Die Ansicht war überwältigend! Es war heller hier draußen und als er nach links hinaufschaute, sah er eine weiße Wand mit einem darauf gemalten Muster – aber zu hoch für ihn, um irgendeine Form oder Figur daraus zu erkennen. Zu seiner Rechten stand eine große Metallkiste auf einer Betonplattform, die zu hoch war, um daraufzuklettern. Er ging also

It seemed like an eternity, but at last he reached his goal. On arriving he threw himself under the bottom shelf and waited.

His body was burning with the effort.

All was quiet.

After a while he calmed down and turned the knob once more to reappear. His heart was still pounding hard.

'So far, so good!' he said out loud. 'And where do I go from here?'

He slid the rucksack off his back and took the flask out of the side pouch. He sat on the ground under the bottom shelf for what seemed like an eternity, drinking and muttering to himself. It dawned to him now what they were.

'Of course!' he murmured. 'It's a brick floor and the small paths in between are merely the washed out gaps between the stones.'

He climbed up onto a brick and looked across towards the door. It was a good ten minutes walk away. Strangely, his mind wasn't in a whirl anymore, but intrigued at what he might find behind the door on the other side. He began to shiver, partly from dread, partly because the room was cooling down. It was slowly becoming dark and it had been a very long day, so he decided to lie down and rest. He climbed down from the stone and prepared himself a bed using his rucksack as a pillow and his thick leather overcoat as a blanket.

But there was no peace and tranquillity here. Although the faint noises that had accompanied him during the day seemed even more audible now, before long he was fast asleep, lying under the bottom shelf in an unbelievable environment.

The next morning, after eating some more of Atiram's packed sandwiches, he noticed an empty tin in his rucksack. He smiled, thinking that Atiram had put it in by mistake. He put it and the empty flask back into his rucksack and began to walk along the brick gaps towards the door.

'How big could these monsters be?' he thought, trying to visualise the sheer size of one. 'What do they look like? And what do they eat?'

On arriving at the gigantic door he found he had plenty of room to walk under it without bumping his head. A large piece of wood had been placed in front of the door from the other side, so Natrim used his grappling irons to climb over it with some difficulty.

He looked out across a vast light brown tiled floor. He let out a strangled gasp. The sight was amazing. It was certainly brighter out here and, looking up to his left, he saw a plain white wall with patterns painted on it. It was high above his head—too high for him to recognise any shape or form. To his right was a large metallic box standing on a concrete platform which was too high for him to climb onto so he decided to walk along its base towards the open room.

an ihrer Unterseite entlang in den offenen Raum hinein. Er fühlte sich wie ein Entdecker und fing an zu träumen. „Wo bin ich? Werde ich die „Uhr mit Kette" wiederfinden? Werde ich eine Schwelle zurückfinden?" Der Marsch entlang der Metallkiste dauerte eine Weile und als er die Ecke erreichte, fühlte er frische, angenehme Luft vorbeiziehen. „Wo gehe ich von hier aus hin?", fragte er sich und war gerade dabei um die Ecke herum zu laufen, als plötzlich ein Blatt Papier um seinen Kopf flog und zu seinen Füßen landete. Er schaute es einen Moment lang an, bevor er es aufhob und begann zu lesen.

„An Nitram H. Tims"

„Was?"

Er las es noch einmal, fassungslos von der schieren Möglichkeit ein gefaltetes Blatt Papier zu bekommen, hier, in der Mitte des Nirgendwo, direkt an ihn bestimmt. Es war ein Blatt aus einem Buch, ein leeres Blatt, nur ein paar Notizen waren auf die obere Ecke geschrieben.

„Ein Geflüster!"

Auf dem Blatt stand: „Lieber Nitram, ich werde dir nicht sagen, wer und wo ich bin, weil dich das nur verwirren würde. Glaub mir einfach und schick ein Geflüster zurück. Schreib mir, wo du bist! Erkläre den Raum, in dem du stehst. Falte es zusammen und schreibe „Mottley" auf die Rückseite. Leg es vor dich auf die Erde, wenn du fertig bist. Erwarte neue Anweisungen. (Ich werde vorbeikommen und dich abholen) Wenn ich kein Geflüster in den nächsten paar Minuten bekomme, dann kann ich nur vermuten, dass du kein Geflüsterbuch besitzt. In diesem Fall werde ich mich wieder bei dir melden."

Nitram war wirklich verwirrt.

„Mottley. Warum Mottley?", dachte er. Aber er führte die Anweisungen aus. Er nahm das kleine schmuddelige Buch aus seinem Rucksack. Nachdem er eine Seite herausgerissen hatte, fing er an, seine Pläne und den Raum in dem er stand, zu beschreiben. Als er fertig war, faltete er das Blatt und schrieb „Mottley" auf die äußere Seite. Er legte es auf eine riesige Fliese vor sich und ging ein paar Schritte in Erwartung zurück. Er war erstaunt, als es plötzlich aufstieg und aus seiner Sicht verschwand.

„Mich abholen?", wiederholte er und entschied sich hinzusetzen und abzuwarten. Bislang war seine Reise ermüdend genug gewesen und er schloss seine Augen für einen Moment. Aber bevor er richtig zur Ruhe kommen konnte, kam ein neues Stück Papier angeflogen. Dieses Mal landete es auf seinem Schoß. Er hob es auf und las. „Du bist weit gekommen, aber noch nicht weit genug. Stell dich vor die Metallkiste mit der weißen Wand zu deiner Linken und du wirst sehen, dass das Licht von der halb-linken Seite kommt. Geh gerade über die Ebene. Wenn du da bist, stehst du vor einer anderen Metallkiste mit einem großen

He felt like an explorer from by-gone days and began to daydream. 'Where am I? Will I find the "Watch and Chain"? Will I find a Threshold back afterwards?'

The trip along the base took a while and, on arriving at the corner, he felt fresher, more pleasant smelling air drifting past his nose.

'Where do I go from here?' he asked himself and was about to walk the length of the metallic box when suddenly a sheet of folded paper flew around his head and landed at his feet.

Nitram looked upwards, expecting to see someone who had lost the paper, but no-one was there, only the view of the box disappearing into the heavens.

The paper fluttered around his feet. He looked at it for a few moments before picking it up and reading it.

'For Nitram H. Tims,' he read.

'What?'

He read it again, besotted by the pure impossibility of receiving a piece of folded paper, here, in the middle of nowhere, addressed to him directly.

He hesitated and then opened it.

It was a page out of a book, a blank page except for a few written notes at the top.

'A Whisper!'

It read: 'Dear Nitram. I will not tell you who and where I am because that would only confuse you. Just trust me and send a Whisper explaining your whereabouts, describing the room where you are standing. Fold it together and write down 'Mottley'on the outside.

When you have finished, place it on the floor and move back. Await further instructions. (I will come and pick you up!) But if I receive no Whisper in the next few minutes, then I can only presume that you don't possess a Whisper book, in which case I'll get in touch again.'

Nitram was indeed confused.

'Mottley? Why Mottley?' he thought, but carried out the instructions and took the small grubby book out of his rucksack. After ripping out a page he then began to write down his whereabouts, explaining the white wall with the paintings too high to see and the metallic box on a concrete platform. When he had finished, he folded it and wrote 'Mottley' on the outside. He laid it on a huge tile in front of him and took a few steps backwards in anticipation. He was amazed as it suddenly rose and shot off into the distance out of sight.

'Pick me up?' he repeated to himself, then decided to sit back and let things happen. His trip so far had been tiring enough so he decided to close his eyes

runden Fenster in der Mitte. Es ist eine riesige Waschmaschine. Ich werde dich von dort abholen."

Konnte er dieser Person vertrauen? Tranquillus hatte ihm geraten, niemandem zu vertrauen. Aber er hatte keine andere Wahl. Seine Trinkflasche war leer und seine Essensrationen waren fast verbraucht, ohne Aussicht auf Neues.

Er sammelte sein Hab und Gut zusammen, seinen Lederhut, den Gehstock und den Ledermantel, legte sie über seinen Rucksack und schnürte sie fest. Dann warf er sich den Rucksack auf den Rücken und ging direkt über die gekachelte Ebene, durch eine große Stille; das einzige hörbare Geräusch war ein entferntes seltsames Ticken.

Ein verwirrter Trog

Trog wusste, dass Nitram die Schwelle hinter dem großen Dickicht in Nednem benutzen würde. Daher entschied er sich eine Schwelle zu nutzen, die er vorher gefunden hatte und versteckt auf Nitram in der nicht-realen Welt zu warten. Er brach etwas eher auf und kam sehr früh an der Kellerschwelle an. Es war Jahre her, dass Trog dagewesen war, aber die Gegend schien im Grunde unverändert.

Schließlich kam Nitram in den dunklen Keller, so wie Trog es vorhergesagt hatte. Nachdem die Schwelle langsam verschwunden war, ging er Nitram in gewissem Abstand hinterher. Über die Steinebene hin zu den Regalen an der Wand. Hin und wieder stoppte Nitram und Trog beobachtete ihn, wie er Früchte, Nüsse und Brote aß. Er sah, wie sich ein Insekt näherte und verlor den Anschluss an Nitram, während er die Insekten umging.
Später nahm er Nitrams Spur wieder auf, fand aber noch die Spur einer anderen Person daneben! Als er ihnen folgte, fiel ihm auf, dass die zweite Spur direkt zur Tür auf seiner linken Seite führte. Trog war verwirrt. Wer könnte das denn bloß sein? Er fand Nitram wiederum, der sich unter einem Regalbrett versteckte. Er war hungrig, also wartete er, bis Nitram eingeschlafen war und stahl dann eine Dose aus Nitrams

for a few moments. But before he could settle down properly, another sheet of paper arrived, landing this time on his lap.

He picked it up and read it.

'You have come far, but not far enough. Stand in front of the metallic box with the white wall on your left and you will see that the light comes from half-left. Walk straight across the plain. When you get there, stand in front of a metal box with a round window. It's a huge washing machine. I will pick you up from there.'

Could he trust this person? Tranquillus had instructed him to trust no-one! He had no choice. His flask was empty and his food rations were nearly gone, with no prospect of finding more.

He gathered his few belongings together—his leather hat, walking stick and leather coat—placing them over his rucksack and tying them firmly on top. He then threw his rucksack on his back and began to walk straight across the tiled plain, through the vast silence, with the only noise an odd ticking sound far away.

A Confused Trog

Trog knew that Nitram would use the Threshold behind a large thicket in Nednem so he decided he would use a Threshold he had found earlier and wait in hiding for Nitram on the other side, in the Unrealworld.

He left a few hours earlier than Nitram and arrived at the cellar Threshold with plenty of time to spare. It was years since Trog had been there, but the basic layout of the area seemed unchanged as far as he could see.

Eventually Nitram came through into the dimly lit cellar just as Trog had predicted. After watching the Threshold slowly disappear he then began to follow Nitram at a safe distance; across the brick plain towards the shelves opposite. Every now and then Nitram stopped and Trog observed him as he ate his fruit, nuts and sandwiches.

He saw some insects approach and lost touch with Nitram for a while whilst he made a detour around them. Later he picked up Nitram's tracks once more, but he also found another set of fresh tracks next to Nitram's! Following them, he noticed that the second set disappeared straight towards the white door to his left. Trog was dumbfounded. Who could that be? He soon

Tasche, den Inhalt binnen Sekunden verschlingend. Er legte die leere Dose zurück in den Rucksack und wollte sich gerade herumdrehen und gehen, als er einen Schuhkarton entdeckte. Er war von Natur aus sehr neugierig. Also öffnete er den Karton und ein kleines zufriedenes Grunzen entwich seinen Lippen. Die Sapiens Werkzeuge. Er inspizierte sie für einen Moment und ließ sie dann aber, wo sie waren. Hätte er sie gestohlen, dann hätte Nitram sofort gewusst, dass er verfolgt würde. Trog schloss den Schuhkarton leise und verschwand wieder im Schatten.

Die Dämmerung brach schnell über sie herein und das verbleibende Licht schien durch die Brüche im Boden zu versickern. Trog versteckte sich zwischen Töpfen und Pfannen eines nahegelegenen Regals und war sehr zufrieden mit sich selbst. Dann fiel er in Schlaf und träumte vom Gesicht, dass der Vermummte machen würde, wenn Trog ihm die Werkzeuge gäbe. Er wusste nicht, was der Vermummte bereits über den Ort der Werkzeuge wusste. Obwohl er nur ein normaler Pugnakrieger war, war er intelligent – sogar für sein erbsengroßes Gehirn. Trog war am falschen Tag an der falschen Stelle. Trog wurde von seinen Pugnakameraden gejagt für etwas, das er nicht getan hatte und war vertraut mit dem meistgesuchten Schurken, den die Welt in den vergangenen Jahren gesehen hatte. Trog hatte Jahre zuvor einen fatalen Fehler begangen, und der Vermummte hatte ihn in Schutz genommen; nun stand Trog unter dem Druck zu tun, was der Vermummte von ihm erwartete, sonst würde die Wahrheit ans Licht kommen. Erpressung war ein besserer Name dafür. Aber zumindest hatte der Vermummte ihm Reichtümer für den Fall versprochen, dass er gehorchte und er, der nicht sesshaft, deprimiert und immer bereit war, seine Lage zu verbessern, willigte ein. Es war tatsächlich so, als ob sein Schicksal damit besiegelt wäre: Er konnte nicht mehr anders.

Plötzlich, mitten in der Nacht, wachte er auf und schaute durch die Dunkelheit auf Nitram herab, der unter seinem Ledermantel auf dem nassen, kalten Boden lag und wunderte sich, wer hier das bessere Geschäft gemacht hatte. Trog hörte noch mal die Worte, die ihn anspornten und zugleich terrorisierten. Finde die Lebensrechte! Hatte Nitram die Sapiens Werkzeuge? Er wusste genau, dass es zu früh war, seine Beute mitzunehmen und er wusste genauso, dass er nicht mit leeren Händen zurückkehren konnte. Das kleine Horn auf seiner Stirn war das letzte, was in der Dunkelheit noch zu sehen war, als Trog sich in die Schatten zurückzog, um auf den richtigen Moment zu warten.

Am nächsten Tag folgte Trog Nitram in den anderen Raum, und krabbelte über das Holzstück in den Raum mit den großen Kacheln und der großen Metallkiste. Er konnte nicht verstehen, warum Nitram einen Brief aus dem Nichts erhalten hatte. Genauso wenig verstand er, warum Nitram sich setzte und ganz

found Nitram hiding under a shelf. He was hungry, so he waited until Nitram had fallen asleep before stealing a tin out of Nitram's rucksack and devouring the contents in seconds. He placed the empty tin back in the rucksack and was about to turn around and leave when he noticed a shoe box. His natural abstract curiosity awakened. He opened the box and a small satisfied grunt escaped between his tiny teeth. 'The Sapiens Tools'. He inspected them for a few moments before deciding to leave them where they were. If he stole them now, Nitram would know that someone was around. He closed the shoebox quietly and slid back into the shadows.

Dusk was falling steadily and the remaining light seemed to drain through the cracks in the floor.

Trog took refuge between some pots and pans on a nearby shelf. He was feeling rather pleased with himself before he too dropped off to sleep, dreaming of the expression on the Hooded One's face when Trog gave him the Tools.

Little did he know that the Hooded One was already aware of the Tools' whereabouts!

Although just a common Pugna warrior, Trog was intelligent, despite his pidgeon brain. He had once been in the wrong place at the wrong time and now he was hunted by his fellow Pugna warriors for something he hadn't done. But without proof of his innocence he had no other choice than to keep running. He was also involved with the most wanted villain the world had seen in years. Long ago, he had made a fatal mistake and the Hooded One had covered up for him; now he was under pressure to do as the Hooded One desired or more lies would become known. Blackmail was a better name for it.

But at least the Hooded One had offered him riches if he obeyed and, being unsettled, depressed, and inclined to take on anything to improve his lot, he had agreed. It was in fact as if his fate had been sealed, he had no choice.

He woke suddenly in the night and looked through the darkness down at Nitram, lying under his leather coat on the dank, moist floor and wondered who had been given the best deal. In his mind, Trog heard the words again and again that mocked and terrorised him. Find the 'Living Rights'! Does Nitram have the 'Sapiens Tools'?

He knew that it was too early to flush his quarry, and he also knew that he could not return empty handed! The little horn on his forehead was the last thing to disappear as Trog backed into the shadows, waiting for the right moment.

The next day, Trog followed Nitram into the other room and scrambling over the piece of wood in front of the door—an achievement in itself—into the tiled room with the metallic box. He couldn't understand why Nitram had re-

offensichtlich auf jemanden oder etwas wartete. Er stand und starrte ihn an und konnte seinen Augen nicht trauen, als Nitram seine Sachen zusammensuchte und geradewegs durch den Raum marschierte.

Trog war total verwirrt.

Erzähl mal, Brevis

„Jetzt sag mir bitte langsam, wie groß sind sie?“ Brevis wand sich auf der Couch, sein kleiner Körper versuchte, eine bequeme Stelle zu finden. Er wusste, dass Atiram Probleme haben würde, ihm zu glauben. Aber dennoch, niemand würde ihm glauben.

Er räusperte sich.

„Atiram, Mottley und ich leben auf einem dieser Dinger. Sie bewegen sich nur sehr langsam und merken nicht einmal, dass wir da sind. Es gibt eine ganze Familie davon. Drei Erwachsene und ein großes Kind. Es ist ein bisschen gefährlich und schwierig, wenn sie duschen möchten. Ziemlich unpraktisch. Wir müssen alles festbinden. Wenn sie baden, ist es sogar noch schlimmer. Aber wir können etwas von dem Wasser auffangen und das trinken.“

„Aber wie bindet ihr alles fest? Woran?“

„An ihren Haaren. Wir haben unser Haus und unseren Besitz in ihr Haar eingeflochten. Ein Haar ist so dick wie mein Körper – sie wachsen zwar ständig, also müssen wir nachstellen – aber wir nutzen ihre Haare.“

Atiram bemerkte, dass sie die letzten zehn Minuten mit einem weit geöffneten Mund zugehört hatte. Es war zwei Tage her, seit sie Brevis getroffen hatte und seitdem war sie jedes Mal, wenn Brevis den Mund aufmachte, erstaunt. Sie beschloss all ihre Verabredungen abzusagen und so viel wie möglich über Brevis, Mottley und die Riesen herauszufinden. Von Brevis erzählte sie niemandem. Auch nicht von dem, was er ihr erzählt hatte. Es hätte ihr ja doch keiner geglaubt.

„Also, um es zusammenzufassen, Brevis, du lebst mit Mottley hoch auf einem Körper. Auf welchem Teil?“

„Der Schulter.“

„Also hoch auf der Schulter eines menschlichen Riesen. Männlich oder weiblich?“

„Weiblich.“

ceived a letter from nowhere. Nor did he understand why Nitram was sitting and obviously waiting for someone or something to happen. He stood staring at him and couldn't believe his eyes when suddenly Nitram, after receiving yet another letter, got up, packed his things and began to march straight across the floor.

Trog was by now completely confused.

Tell me all about them, Brevis

'Now tell me again, please ... slowly! How big are these giants?'

Brevis squirmed on the couch, his little body trying to find a comfortable corner. He knew that Atiram would have difficulty believing him at first, but then again so would anybody else.

He cleared his throat.

'Atiram, Mottley and I live on one of these beings. They move very slowly and do not even notice that we are there. There is a whole family of them. Three adults and one teenager. It's difficult or dangerous when they decide to shower. Very impractical. We have to tie everything down. If they have a bath, it's even worse! But at least we capture some of the water to drink.'

'But how do you tie everything down? What to?' Atiram was spellbound.

„... also hoch auf der Schulter eines weiblichen Riesen, in einer Hütte, die mit einem Seil an den Haaren des Riesen befestigt ist. Ihr kocht kleine Insekten und benutzt das Wasser vom Duschen als Trinkwasser. Noch etwas? Wie oft kommt der Weihnachtsmann, um die Ostereier zu bringen?"

Sie blickte kurz zur Decke und dann wieder zu Brevis.

Ihre Geste hatte einen finsteren Blick bei Brevis erzeugt und es tat ihr Leid, diesen Kommentar abgegeben zu haben. Deshalb entschuldigte sie sich bei Brevis.

„Es tut mir leid, Brevis. Aber ich muss zugeben, das hört sich an wie ein Stück aus „Alice im Wunderland" oder „Gullivers Reisen"."

Er schaute ihr in die Augen und fuhr fort.

„Mottley und ich können auf den riesigen Körpern mit unglaublich hoher Geschwindigkeit auf- und abgleiten. Wir benutzen Flaschenzüge und Gegengewichte. Der Riese hilft uns auch, ohne dass er es weiß. Wir speichern ihre Energie, wenn sie sich bewegen, in Spulen und Federn. Die laden sich automatisch auf, wenn sie leer sind. Wir brauchen viel Energie um schwere Dinge zu heben. Es hat Jahre gedauert, das alles aufzubauen. Aber jetzt funktioniert es."

„Aber warum lebt ihr auf einem Menschen?"

„Am Anfang haben wir sie als eine Art Fortbewegungsmittel benutzt. Aber später haben wir dann doch entschieden, auf ihnen zu leben. Das hat mehrere Gründe: Einer davon ist natürlich die Sicherheit."

„Vermuten sie nicht irgendetwas? Können sie euch nicht sehen?" Atiram war aufgeregt.

„Nein. Weißt du, Mottley hat nur einen Satz Werkzeuge seinen Kameraden hinterlassen. Aber den zweiten und dritten hat er mit sich genommen. Der Knauf, der unsichtbar macht, ist für uns auf dem Menschen von großem Nutzen. Wir haben eine Methode gefunden, wie wir unsere Hütte in die Unsichtbarkeit mitnehmen. Wir bleiben über Jahre hinweg unerkannt. Es gibt keine Nebenwirkungen, und zwei unsichtbare Leute können sich gegenseitig immer noch sehen. Du merkst, man ist nur unsichtbar vor jemandem, der nicht verwandelt wurde."

Atirams Mund stand wieder einmal offen. Sie verstand nicht alles, aber erinnerte sich, dass Nitram gesagt hatte, dass er sich selbst im Spiegel hatte sehen können, als er unsichtbar war. Ein blubberndes Geräusch hinter ihr erinnerte sie an den Wasserkessel, den sie für einen Tee aufgesetzt hatte. Sie goss zwei Tassen ein und setzte sich wieder gegenüber von Brevis hin. Ihr Gehirn arbeitete in Überstunden, es ließ sie ein wenig atemlos werden.

„Wir haben nach der Kiste der Lebensrechte gesucht, die dort Jahre zuvor abhanden gekommen war. Das Verschwinden hat schreckliche Kriege heraufbe-

'To the hair! We have woven our house and things into her hair. One piece of hair is as thick as a tree—always growing, so we always have to change things—but we use their hair.'

Atiram realized that she'd been sitting listening for the last ten minutes with her mouth wide open as if demonstrating how a Venus fly trap works.

It had been two days ago since she had met Brevis and since then she had been astonished at everything he related. She decided to cancel all her other appointments and find out as much as she could about him, Mottley and the giants.

She did not tell anyone about Brevis, nor of what he had told her—no-one would have believed her anyway!

'So, to put it in a nutshell, Brevis, you live with Mottley high up on the body ... what part?'

'The shoulder.'

'High up on the shoulder of a human giant. Male or female?'

'Female.'

'High on the shoulder of a female giant, in a hut secured with rope to the giants' hair. You cook small insects and use the shower water to drink. Anything else? How often does Santa Claus come round with our easter eggs?'

She glanced towards the ceiling, then back at Brevis.

Her words had evoked a displeased frown on Brevis's face. Suddenly she regretted making the comments and apologised.

'Oh, I'm sorry, Brevis, but I'm afraid it does sound like a piece out of "Alice in Wonderland" or "Gulliver's Travels"! Please go on!'

He looked into her eyes for a few seconds before continuing.

'Mottley and I can move up and down their vast bodies with exceptional speed using counterweights and pullies. The humans help us too, without their knowledge, of course. We store the energy from when they walk or move, using large springs and coils—they recharge automatically when empty, for lifting heavy weights, for instance. It took us years to work it all out, but now it works perfectly.'

'But why do you live on a human?'

'To begin with, we used her as a form of transport, but later we decided to live on her for a number of reasons; one of course being security but also ... '

'Doesn't she suspect anything? Can't she see you?' Atiram was really excited.

'No, you see Mottley left only one set of the Tools for his companions fifty years ago, but the second and third set he took with him. The knob which makes us disappear is very useful on a human. We have derived a method of including the hut in our disappearing act. We can stay unseen for years.

schworen, die seitdem dort toben. Wenn die Kiste der Lebensrechte zur Insel der Pugna zurückkehrt, an ihre Ruhestelle im Grenzgebirge, so kann die Kraft, die sie haben, den Frieden zwischen den Sapiens und den Pugna wieder herstellen. Aber als wir sie gefunden haben, merkten wir, dass es sehr gefährlich sein würde, nach Nednem zurückzukehren. Die Pugna können die Rechte hier sehr leicht aufspüren. Sie strahlen eine Art Signal aus. Aber in der nicht-realen Welt haben die Pugna Probleme, die Rechte aufzuspüren. Die Pugna wollen verhindern, dass die Rechte zum Grenzgebirge zurückgebracht werden. Sie glauben, dass sie ohne sie viel mehr erreichen können."

In der Geborgenheit ihres eigenen Hauses schien das alles so weit entfernt und schemenhaft für Atiram.

Sie hatte Brevis das Gästezimmer mit Bett, Schrank und passender Ankleide gegeben. Das Bett war fein säuberlich gemacht und der ganze Raum war gereinigt und gelüftet. So war es für Atiram ein wenig enttäuschend, als sie sah, wie das Zimmer aussah, nachdem er nur eine Nacht dort geschlafen hatte. Er hatte das Bettzeug abgezogen und auf die Erde gelegt. Wahrscheinlich war ihm das Bett zu weich. Er hatte auch ganz pflichtbewusst das Fenster geöffnet, um „die Luft kreisen zu lassen" wie er es nannte. Er hatte etwas Pferdemist genommen, den Pfütze hinterlassen hatte und steckte diesen in die Obstschale auf dem Ankleidetisch. Er kommentierte es damit, dass der Geruch des Mists seinen Appetit anrege. Er hätte jedoch wenigstens das Obst vorher aus der Schale nehmen können, dachte Atiram. Seine Kleidung war an seinen Körper wie durch Zauberei angefügt und sein unrasiertes Kinn blieb ein unrasiertes Kinn. Er hatte die Zahncreme, die sie ihm gegeben hatte, gegessen und gemeint, es hätte wunderbar geschmeckt, sogar um etwas mehr hatte er gebeten. Die Zahnbürste kam auch sehr gelegen, um die Steine zu entfernen, die sich zwischen seinen winzigen Zehen verkantet hatten.

„Es wird eine verdammt harte Zeit mit Brevis", flüsterte sie zu sich selbst und schaute den Fliegen zu, wie sie vor dem Fenster Schlange standen, um sich ihr Abendessen im Restaurant ‚Zum freundlichen Pferdemist' abzuholen.

„Nitram, wo bist du?"

There are no side effects that we know of. Two people who are invisible can still see each other. You see, you are only invisible to someone who is not transformed.'

Atiram's mouth was open again. She didn't understand everything, but remembered Nitram saying that when he was invisible that he could see himself in the mirror. She became aware of a bubbling sound behind her and noticed the water was boiling for tea. She poured out two cups and sat down opposite Brevis again, her mind working overtime. All this left her a little breathless.

'We were looking for the box of "Living Rights" that had been lost there years before. Their disappearance is the cause of the terrible wars that have occurred since. If they are returned to the Island of Pugna—to their resting place within the Barrier Mountains—the power that they emanate can greatly enhance peace between the Pugna and the Sapiens.

'However, on finding the Rights, we discovered that to return to Nednem would be extremely dangerous. This was because the Pugna warriors can locate the Rights easily here, but not in the Unrealworld. They emit a kind of signal. They are difficult to locate in the Unrealworld though. The Pugna warriors are intent on preventing the Rights being returned to the mountains. They seem to believe that they can achieve more without them.'

In the safety of Atiram's own house, everything seemed so distant and unreal.

She had given Brevis the spare bedroom with a single bed, dresser and cupboard to match. The bed had been dutifully made up and the room itself aired and cleaned, but she was rather disappointed when she noticed how everything had changed after Brevis had slept there for only one night. He had pulled the bed clothes onto the floor—presumably the bed was too soft. He had fully opened the windows as well to 'let the air circulate' as he put it. And he had taken some horse manure from Puddle that he had found, and popped it into the fruit bowl on the dresser, adding that the smell of the manure enhanced his appetite. He could at least have taken the fruit out first, thought Atiram. His clothes were attached to his body as if by magic and his unshaven chin, under his stubby nose, stayed an unshaven chin. He had eaten the toothpaste that she had given him, remarking that it tasted wonderful and could he have some more—the toothbrush was very handy as well, to clean out stones lodged between his tiny toes.

'It's going to be a very hard time with Brevis around,' she whispered to herself, noticing the flies forming queues outside the window, waiting for their evening meal at the 'Horse Manure Inn'.

'Nitram, where are you?'

Eine raue Nacht

Greda lag und beobachtete ihren Ehemann. Er hatte seit Stunden mit Lord Dux gesprochen, während sie mit den anderen in ihrem Quartier gewartet hatte. Draußen war raue Nacht. Der Wind heulte und riet jedem ins Warme zu gehen.

Ein Fenster beschloss, dass es Zeit sei, nachzugeben und zerbrach mit einem lauten Knall, jeden aufweckend. Magnus stand auf und reparierte es notdürftig.

„Und was wurde entschieden?", schnauzte Greda, ein wenig gehässig, denn sie wäre gerne dabei gewesen, wurde aber mit den anderen weggeschickt.

Magnus drehte sich zu seiner Frau um, ignorierte ihre schlechte Laune und antwortete langsam, aber sicher.

„Wir müssen nach Trog in der nicht-realen Welt suchen, aber nur mit einer kleinen Gruppe von fünf Soldaten. So können wir uns schnell bewegen. Du wirst dabei sein, die Zaldbrüder und ich. Lord Dux hat Informationen erhalten, dass drei Schwellen kurz außerhalb Nednems durchschritten wurden. Er glaubt, dass eine von einer ansonsten unbekannten Person namens Nitram benutzt wurde. Wir wissen nicht genau, warum er durch die Schwelle gegangen ist. Vielleicht um seine „Uhr mit Kette" zu finden. Aber wir wissen, dass es wichtig genug war, um Trog darauf anzusetzen ihm zu folgen. Sie könnten hinter den Lebensrechten her sein, und wenn das so ist, dann wissen wir Genaues darüber, sobald sie unsere Welt damit betreten. Siehst du, die Lebensrechte senden ein Signal aus, das wir aufnehmen können. Aber in der nicht-realen Welt ist das Signal zu schwach. Wir brechen morgen auf."

Er drehte sich um und nichts wurde mehr gesprochen. Greda wiederholte in Gedanken, was er gesagt hatte, bevor ihr die müden Augen zufielen. Sie wollte fragen, was die Lebensrechte waren, doch Magnus war schon fest eingeschlafen. Draußen hörte sie den Wind wieder pfeifen, sich darüber beschwerend, dass der Schnee angefangen hatte zu tanzen.

In das Büro des Bürgermeisters

Der glatzköpfige Sekretär brachte noch eine Kanne Tee auf einem Tablett mit einem Teller Schokoladenkekse in das Büro des Bürgermeisters. Seine Hände zitterten, aber er versuchte ruhig genug zu bleiben, um nichts zu verschütten. Jemand im vorderen Teil der Versammlung fing an zu grinsen. Der Bürgermeister schaute ihn mit glühendem Blick an. „Gibt es irgendetwas an mir, das es

An uncomfortable Night

Greda lay watching her husband. He had been speaking to Lord Dux for hours while she waited with the others in their sleeping quarters.

Outside, it was a rough night with the howling wind advising everyone to go inside where it was warm. A window decided it was time to burst open with a loud bang, waking everyone. Magnus got up and walked over to close it.

'And what was decided?' snorted Greda, a little abrasively; she had wanted to stay with the two men, but had been dismissed with the rest.

Magnus turned to his wife, ignoring her bad mood, and replied slowly and surely.

'We are to chase after Trog in the Unrealworld, but with only a small patrol of five, so that we can move quickly. It'll be you, me and the Zald brothers. Lord Dux received information that three Thresholds had been breached just outside Nednem. He thinks that one was officially used by an otherwise unknown person called Nitram. We do not know for sure why he went through—maybe to find this "Watch and Chain", but we do know that it was important enough for Trog to be ordered to follow him. They could be after the "Living Rights" and if they are, then we'll know about it as soon as they enter our world with them. You see, the "Living Rights" emit a signal that we can pick up, but in the Unrealworld the signal is too weak. We are leaving tomorrow.'

He turned over and no more was said. Greda repeated his words in her mind before her heavy eyelids began to close. She wanted to ask him what the 'Living Rights' were, but Magnus was fast asleep. Outside she could hear the wind whistling, complaining because the snow had begun to dance once more.

In the Mayors' Office

The bald secretary brought yet another pot of tea on a tray, together with a plate of chocolate biscuits, through to the mayor's office. His hands were shaking, but he tried to maintain enough courage not to spill anything.

Someone at the front of the assembly began to grin. The mayor glared towards him: 'Is there anything about me you think is worth sniggering about?'

nötig macht, über mich zu lachen?“ Der Schuldige betrachtete den großen, fetten Körper des Bürgermeisters, die winzige rote Nase und das rote, gelockte Haar und antwortete: „Nein, natürlich nicht, Herr Bürgermeister.“

Der Bürgermeister drehte sich zurück zum Rest, seine schlechte Laune widersetzte sich standhaft der Besserung.

„Was meinen Sie, Mademoiselle Souflet?“, fragte er noch einmal, die vorsichtigen Bewegungen des Sekretärs zwischen der kleinen Gruppe ignorierend.

„Was haben Sie in Atirams Garten gesehen? Einen Zwerg?“ Die höfliche und wohlriechende Mademoiselle Souflet bewegte sich graziös nach vorn, bevor sie antwortete.

„Ja“, sagte sie, „ich sah eine sehr kleine Person, die versuchte, auf das Pferd des Nachbarn zu klettern. Mit Messer und Gabel in der Hand ... “

„Aber warum? Ohhh, ein Unglück kommt selten allein. Warum würde jemand so etwas Blödes machen?“, fragte der Bürgermeister und warf seine Hände in die Luft, um seinen Unglauben auszudrücken. Unachtsamerweise berührte er dabei seinen Sekretär unter dem Ellenbogen und schickte ihn seitwärts wieder zurück in die Richtung, aus der er gekommen war.

Von hinten rief jemand:

„Wahrscheinlich ist das ein Spion!!“

„Ja genau, ein Spion, von dem Dieb geschickt, der unsere „Uhr mit Kette“ geklaut hat“, sagte ein anderer.

„Schickt Sir Archibald!“, schrien ein paar Zuschauer von hinten und drückten sich nach vorne, um eine bessere Sicht zu bekommen. Dabei schickten sie den Teeträger wieder durch die Reihen zum Schreibtisch nach vorn. Der Sekretär stellte die Kanne schnell auf dem Schreibtisch ab, wischte sich erleichtert über die Stirn und wollte gerade gehen, als der Bürgermeister mit voller Wucht mit der Faust auf den Tisch schlug, um wieder etwas Ordnung in die Versammlung zu bringen. Die Teekanne entschied sich spontan dazu zu tanzen und hüpfte auf die Ecke des Tisches zu.

Der Sekretär drehte sich um, sah, wie die Kanne auf ihn zukam, wollte sie aufhalten mit dem Ergebnis, dass sie in die andere Richtung umkippte. Der Bürgermeister fing gerade an zu sprechen. Doch er sah die Welle Tee auf sich zukommen und versteckte sich hinter Von den Hinterhöfen, der alsbald wusste, was es hieß, heißen Tee über die Füße geschüttet zu bekommen.

Nachdem man den armen Sekretär mit dem Kopf zuerst aus dem Büro geworfen hatte, ging die Sitzung weiter.

„Ich bin sicher, dass es einen sehr guten Grund dafür gibt, dass der Zwerg da ist“, sagte Mademoiselle Souflet, die sich schuldig fühlte, dass sie den Zwerg überhaupt erwähnt hatte.

The guilty person looked at the mayor's fat, podgy body, little red nose and red curly hair and replied, 'No, of course not, Sir!'

The mayor turned back towards the others, his dark mood refusing to be shifted.

'Please explain what you mean, Mademoiselle Souflet,' he requested again, ignoring the secretary manoeuvering carefully among the small crowd.

'What did you see in Atiram's garden? A midget?'

The odorous Mademoiselle Souflet moved graciously towards the front before answering.

'Yes!' she replied, 'I saw a very small person trying to creep up on the next door neighbour's horse in the next field with a knife and fork in his hands!'

'But what for? Oh, it never rains but it pours! Why would anyone do such a silly thing?' asked the mayor, waving his hands in the air to emphasise his disbelief. He inadvertently ticked his secretary under his elbow, sending him sideways, back the way he had come.

Someone shouted from the back.

'He's probably a spy!'

'Yes, a spy sent by the thief who stole the "Watch and Chain"!' said another.

'Send Sir Archibald!' cried a few onlookers from the back, pushing themselves forward towards the front to get a better view, sending the teapot carrier back yet again towards the desk. The secretary took the opportunity to quickly place the pot and the biscuits on the desk. Relieved, he wiped his forehead and turned to go, but just then the mayor slammed his fist on to his desk to bring the meeting back into some kind of order. The teapot decided to dance towards the edge of the table.

Niemand konnte sie hören, die Schreie nach Taten waren zu laut.

„Wir müssen Frau Tims warnen", sagte Henry Van de Bloemen, der Bäcker mit dem goldenen Herzen.

„Ja", sagte der Bürgermeister, „Sie warnen Atiram und wir werden den Spion schnappen."

Seine Augen funkelten bei dem Gedanken an Ritterlichkeit und an einen Heldenempfang bei seiner Rückkehr.

„Aber wer sagt, dass es ein Spion ist?", fragte Sir Archibald, der sich Sorgen machte, dass eine aufgebrachte Menge etwas Unüberlegtes oder gar Illegales machen würde.

„Ich! Wir alle!", schrie Von den Hinterhöfen und schob sich in Richtung Tür. Übereifrig und begeistert schlossen sich die anderen an. Singend und rufend folgten sie Von den Hinterhöfen.

Van de Bloemen und Sir Archibald schauten sich erschrocken an.

„Wir müssen da sein, bevor sie es sind, Henry!", stammelte Sir Archibald. Die Seiten seines Hutes wackelten aufgeregt.

„Dann kommen Sie. Pfütze wartet draußen auf uns", sagte van de Bloemen, „Wir können die Abkürzung durch die Seitengassen nehmen."

Mademoiselle Souflet schaute betrübt der aufbrechenden Menge hinterher.

„Was habe ich gemacht?", wiederholte sie und eine trübselige Stimmung überkam sie.

Van de Bloemen und Sir Archibald erreichten das Haus der Tims und beobachteten, wie Atiram und der so genannte Zwerg im Garten Vollkornkekse backten. Der Rauch aus dem Schornstein und das Aroma der abkühlenden Kekse waren köstlich.

„Atiram!", rief Van de Bloemen, ein wenig atemlos. Die beiden schauten auf und sahen, wie die zwei Männer von Pfütze herabkletterten und zum Gartentor rannten. Brevis starrte das Pferd an.

Sir Archibald erklärte Atiram kurz, was los war und nahm seine Augen nicht von der kleinen Person, die neben ihr stand. Sie zögerte einen Moment und überlegte, was als Nächstes zu tun war. Zügig gingen sie ins Haus. Atiram erzählte alles über Brevis, als sie ihn hinter sich herschleifte. Seine Zunge hing heraus, und seine Nase hing jedem kleinsten Geruch des Pferdes, das draußen stand, nach.

„Die Leute sind außer sich und gefährlich!", warnte Sir Archibald. „Wenn Sie Ihren kleinen Freund hier retten möchten, schlage ich vor, dass Sie so schnell, wie es geht, von hier fortgehen und sich verstecken, bis sich die Stimmung wieder etwas abgekühlt hat. Die sind nicht in der Stimmung zu reden. Ich werde versuchen die Sache zu regeln."

The secretary turned, saw the teapot coming and tried to stop it falling over the edge, resulting in the pot tipping in the other direction, towards the mayor. He had just begun to speak and, seeing the torrent of tea coming in his direction, moved behind Von den Hinterhöfen who soon knew first-hand what it felt like to have hot tea poured onto one's feet!

After ejecting the poor secretary head first out of the office, the meeting continued.

'I´m sure there is a perfectly good reason for him being there!' said Mademoiselle Souflet, feeling rather guilty for mentioning the midget at all!

Nobody could hear her above the shouts and calls for something to be done.

'We'll have to warn Mrs. Tims,' said Henry Van de Bloemen, the baker with a heart of gold.

'Yes,' said the mayor, 'You warn Atiram and we'll catch the spy!' His eyes sparkled at the thought of chivalry and poetry and of getting a hero's welcome on his return.

'But who said he was a spy?' asked Sir Archibald, worried that the crowd could do something improper or even illegal.

'I did! We all did!!' cried Von den Hinterhöfen, pushing towards the door. The over-zealous crowd joined in, not wanting to hear any more warnings, and followed Von den Hinterhöfen through the door, chanting and shouting as they went.

Van de Bloemen and Sir Archibald stood, looking at each other, each with a horrified look on their faces.

'We'll have to get there before they do, Henry!' stammered Sir Archibald, his hat wings flapping nervously.

'Come on. Puddle is waiting for us outside,' said Van de Bloemen. 'We can take the short cut along the back roads!'

Mademoiselle Souflet looked dismally at the departing crowd.

'What have I done?' She repeated to herself and a grim darkness fell upon her.

Van de Bloemen and Sir Archibald arrived at the Tims' house to find both Atiram and the so-called 'midget' outside in the garden making wholemeal biscuits on trays. The smoke from the chimney and the aroma of cooling biscuits was in the air.

'Atiram!' panted Van de Bloemen, a little out of breath. Atiram and Brevis looked up to see the two men climbing down from Puddle and running towards the gate. Brevis's eyes alit on the horse.

Sir Archibald quickly explained the situation to Atiram, not taking his eyes off the small person standing next to her. She stood still for a few seconds,

Atiram sammelte schnell ein paar Dinge zusammen und steckte sie in ihren Rucksack. Nachdem sie verzweifelt nach der Zeitung gesucht hatte, auf die Tranquillus seine Adresse geschrieben hatte, brachen sie auf. Beiden Männern gab sie noch einen Kuss auf die Wange und sagte: „Gott schütze dich, Van de Bloemen und Sie, Sir Archibald. Ich werde versuchen, Tranquillus zu finden. Vielleicht kann er helfen. Ich melde mich!"

Sie rannte durch Nitrams Arbeitszimmer, zog Brevis hinter sich her und verschwand durch den Garten im Unterholz.

„Henry, wer ist Tranquillus?", fragte Sir Archibald.

Henry Van de Bloemen zuckte mit den Schultern und schloss die Haustür hinter sich. Sie kletterten wieder auf Pfützes Rücken. Es war gerade zur rechten Zeit. Die aufgebrachte Menschenmenge bog um die Ecke. Aggressiv und verärgert fragten sie Sir Archibald nach einer Erklärung. „Es ist niemand hier. Wir waren zu spät!" Lügen war nicht Sir Archibalds Stärke. „Er muss schon vor Stunden verschwunden sein." Er schaute sich um, um seine Aussage zu unterstreichen und hoffte, dass es auch die Neugierigsten überzeugen würde.

„Was ist mit Atiram?" fragte der Bürgermeister. „Ist sie hier?"

„Nein", sagte van de Bloemen, „es ist niemand hier."

Unter dem Raunen einer genervten Menschenmenge schaute Von den Hinterhöfen auf und bemerkte, dass Rauch aus dem Schornstein kam. Er schaute Van de Bloemen mit stechenden Augen an, sagte aber nichts. Ihre Augen trafen sich für einen Moment und mit einem höhnischen Gesicht zog er sich mit dem Rest der Lynchparty zurück in Richtung Stadt. Sir Archibald und Van de Bloemen schauten sich betrübt an. Was ging hier vor?

Sir Archibald konnte das komische Gefühl nicht unterdrücken, dass hier etwas gespielt wurde.

contemplating, weighing up what to do. Then she beckoned to the others and started swiftly back to the house, Atiram telling them all about Brevis as she dragged him along, his tongue hanging and his nose sniffing every smell, however small, of the horse outside.

'The crowd is chaotic and dangerous!' warned Sir Archibald. 'If you wish to save your little friend, I would suggest you leave immediately and hide until things cool down a little. They are in no mood for talking! I will try and settle matters.'

Atiram quickly threw a few things into her rucksack and, after desperately looking for the local newspaper that Tranquillus had sqribbled his address on, left, giving both men a prim kiss on the cheek, saying, 'God bless you, Van de Bloemen, and you too, Sir Archibald. I'm off to find Tranquillus, maybe he can help. I'll be in touch!' She ran through Nitram's workroom, dragging Brevis along with her; then off through the garden and into the undergrowth.

'Henry! Who's Tranquillus?' asked Sir Archibald.

Henry Van de Bloemen just shrugged and closed the front door behind them. They climbed back on to Puddle just in time to see the crowd come around the bend of the road. Aggressive and angry, they turned to Sir Archibald for an explanation.

'No-one is here. We arrived too late!' To lie was not Sir Archibald's better talents. 'He must have left hours ago.' He looked around as if to underline his statement, thinking that it should satisfy the most inquisitive.

'And what about Atiram?' asked the mayor. 'Is she here?'

'No,' said Van de Bloemen, 'No-one is here.'

Under the moans of an annoyed crowd, Von den Hinterhöfen looked up and noticed the smoke coming out of the chimney. He turned towards Van de Bloemen with accusing eyes, but didn't say anything. Their eyes met for a split second and his avid face sneered before he retreated down the road towards the town with the remaining 'lynch party'.

Sir Archibald and Van de Bloemen looked at each other dismally as if to say, 'What's going on?'

Sir Archibald couldn't shake off this funny feeling that the whole thing had been orchestrated in some way.

Ein Paar enorme Schuhe

Nitram hatte manchmal die Illusion, dass er Gefahren in den Knochen spüren konnte. Aber wenn es wahr sein sollte, dann hatte ihn sein Gefühl dieses Mal verlassen.

Nachdem er dort ein oder zwei Stunden gestanden und gewartet hatte, genau an der Stelle, wo das Geflüster ihn hingeschickt hatte, suchte er nach etwas Essbarem in seinem Rucksack. Plötzlich fühlte er ein Schaudern, ein komisches Erschaudern unter seinen Füßen.

Er wurde starr.

Dort, wo er stand, gab es nichts. Nichts zu verstecken, nicht einmal eine Spalte in der Fliese, auf deren Mitte er stand. Er ging zurück zum Betonsockel und schaute nach links. Aus dieser Richtung schien das Geräusch zu kommen.

Zuerst klang es wie der traurige Klang des Windes mit dem musikalischen Vibrationen darunter. Aber die Vibrationen wurden lauter und ein schlurfendes, schruppendes Geräusch begleitete es. Unser gebannter Zuhörer erinnerte sich wieder einmal an die Stadtbewohner, die über Riesen redeten, die durch die nichtreale Welt zogen, und er zitterte in seinen Tagträumen. Der Boden bebte, und das Geräusch wurde unerträglich. Ein riesiger Schatten bewegte sich auf Nitram zu, welcher sich mehr und mehr gegen den Betonsockel hinter sich presste. Kleine Steine und Staub wurden aufgewirbelt und der Wind war unglaublich. Plötzlich war er da: Ein Schuh!

Dieser riesige Schuh war direkt vor ihm. Ein zweiter Schuh kam links von ihm an. Nitram war sprachlos und das Wort gigantisch wäre dafür zu klein gewesen, um diese Schuhe zu beschreiben. Über seinem Kopf verschwanden zwei Beine in die Höhe. Wie automatisch stand Nitram auf und, als wäre es total normal, wenn man unter den Füßen eines Riesen steht, packte er seinen Rucksack neu. Sprachlos und entgeistert schwang er sich dann seine Ausrüstung über die Schulter und stand dort, als würde er auf den Bus Linie 24 warten. „Nitram! Wo bist du?“ Eine entfernte Stimme rief vom Schuh vor ihm herunter.

“Nitram! Wo bist du?“ Mit beklommenem Herzen öffnete Nitram seinen Mund, um zu antworten, bekam aber keinen Ton heraus. Er sah einem Goldfisch sehr ähnlich, seinen Mund öffnend und wieder schließend. Er zitterte vor Angst. Die Schuhe vibrierten von innen heraus und an der Seite konnte er eine Art Wiege aus Seilen entdecken, die darauf wartete ihren Auftrag zu erfüllen. Nitram sollte hineinklettern. Die Stimme kehrte zurück.

„Nitram! Bist du da?“

Es dauerte einen Moment, bevor Nitram antworten konnte. Er starrte auf die enormen Schuhe und Beine vor ihm.

A Pair of Gigantic Shoes

Nitram had sometimes entertained the illusion that he could feel it in his bones when danger was imminent, but if that was true, then it had let him down badly this time.

He had been standing there waiting for an hour or two now; right at the spot the Whisper had indicated. Feeling peckish, he began to search through his rucksack hoping to find something to eat when suddenly he felt a small, and very odd, shudder under his feet.

He froze.

There was nowhere to hide where he was standing—nothing, not even a crack in the middle of the tile on which he was standing. He backed up against the concrete platform and turned towards the noise that seemed to be coming from his left.

And it was at first, sounding like the plaintive noise of the wind accompanied by a musical trickle of vibrations; but then the tremors increased and a scuffing, scraping noise could be heard.

Our mesmerised listener yet again remembered his foolish thoughts when the townsfolk had spoken of rumours about giants roaming the Unrealworld and he began to shiver in his waking dream. The floor was shaking now and the noise was becoming unbearable. A huge shadow began to move across towards Nitram who cowered against the concrete platform behind him. Small stones and dust began to move and the wind was tremendous. Suddenly it was there.

A shoe.

This huge shoe was right in front of him. A second shoe arrived on his left. Nitram was dumbfounded and the word 'gigantic' would not have been big enough to describe the sight before his eyes. Above the shoes, two legs disappeared into the distance above his head.

Nitram rose mechanically and, as if it was the normal thing to do whilst standing below a giant's feet, began to repack his rucksack. Still numbstruck and bewildered, he then swung his equipment over his shoulder and stood rooted to the spot, as if waiting for a number 24 bus.

'Nitram! Where are you?' A distant voice shouted down from the shoe in front of him.

'Nitram! Where are you?' It seemed completely out of place.

With a quaking heart, Nitram opened his mouth to answer, but no sound came. He looked very similar to a goldfish with his mouth opening and closing. He was trembling with fear and anxiety. The shoes were vibrating from

„Hier bin ich!“ Er rannte zur Stimme und dem Seilkorb.

„Klettere in den Korb und zieh das Seil daneben so fest du kannst. Da gibt’s ein Gegengewicht. Es ist einfach, aber beeil dich. Sie ist mit dem Befüllen ihrer Waschmaschine fast fertig.“

Nitram kletterte hinein, so wie ihm aufgetragen wurde und zog kräftig an dem Seil neben sich. Wie von Geisterhand fuhr er aufwärts, immer schneller werdend. Er war fasziniert, wie er regelrecht an der Seite des Schuhs hinaufflog.

Trog verläuft sich

Mit genügend Abstand war Trog Nitram in die gleiche Richtung gefolgt. Er dachte immer noch über die Spuren nach, die er am Tag vorher gefunden hatte. Der Gedanke, dass jemand anderes vor ihm hier gewesen war, ärgerte ihn. Er war gerade einmal den halben Weg gegangen und hatte sich für eine kurze Pause hingesetzt, als er plötzlich etwas anderes hörte und spürte. Er war schon vorher hier gewesen und wusste ganz genau, was dieses nur zu bekannte Geräusch sein konnte.

Voller Gedanken und Ängste, die die Leere zwischen seinen Ohren auffraßen, entschied er, dass es wohl das Beste sei, weiter hinter Nitram herzurennen. Nach seinem anfänglichen Schock stand er auf und rannte los. In diesem Moment huschte ein riesiger Schatten über den Boden. Er lief weiter, als ein enorm großer Schuh über seinen Kopf glitt. Der Wind rauschte in seinen Ohren. Er schlug einen Haken nach links, in der Hoffnung, dass der zweite Schuh auch über ihn hinwegzöge. Plötzlich und mit einem lauten Knall landete der zweite Schuh neben ihm. Die Erschütterung hätte ihn fast aus der Bahn geworfen. Sein Versuch, unerkannt zu bleiben, war nun nicht mehr wichtig. Ein toter Trog könnte niemandem mehr helfen, dachte er. Er sah, wie der erste Schuh neben den anderen glitt und stoppte. Trog wurde langsam und ging gemütlich weiter. Er fragte sich, was er als Nächstes tun sollte. Dann hörte er eine Stimme. Eine

within and a kind of rope cradle could be seen to his far left, hanging, waiting for its purpose to be fulfilled, waiting for Nitram to climb in.

The distant voice returned.

'Nitram! Are you there?'

It took a moment before Nitram could answer; he was staring at the enormous shoes and legs in front of him.

'Here I am!' He ran towards the voice and the rope cradle.

'Climb into the cradle quickly and pull on the rope next to it as hard as you can! There is a counterweight. It's easy, but hurry up! She's nearly finished filling her washing machine.'

Nitram climbed in as he was told and, putting his rucksack on his lap, yanked sharply on the rope next to him and it snapped like a whip. He began to rise automatically, gathering speed. He was fascinated as he literally flew up the side of the shoe.

Trog loses Track

Keeping his distance, Trog had begun to walk in the same direction as Nitram, across the light brown tiled plain towards the light. He was still thinking about the second set of tracks he had found yesterday. It annoyed him to think that someone else had been there before him. He was only half way across the tiled area, sitting having a rest on the floor, when he suddenly began to hear and feel something that brought his mind back to the present. He had been here before and knew exactly what the familiar sound was. Thinking fast, his thoughts and fears consuming the void between his ears, he decided that his best bet would be to continue following Nitram. After his initial shock, he rapidly picked himself up and started to run. He hadn't gone far when a huge shadow came rushing across the floor towards him. Trog ran on and just missed being hit by a massive shoe gliding over his head, causing the wind to howl round his ears. He ran to his left, hoping that the other shoe would pass over him as well. Suddenly, the other shoe landed right next to him with a horrific thump and a shudder that nearly knocked him off his feet. His attempts to stay hidden were no longer important. A dead Trog can't help anyone, he thought.

He saw the first shoe as it glided next to its partner and stop. Trog slowed down and walked on, wondering what to do next. He suddenly heard a voice

bekannte Stimme, der er jedoch keinen Namen zuordnen konnte. Er rannte wieder und kam rechtzeitig am Schuh an, um zu hören, dass die Stimme sich wiederholte. An der Sohle des Schuhs entlanglaufend, war er entschlossen, Nitram unter keinen Umständen zu verlieren. Als er an der Schuhspitze ankam, sah er Nitram noch, als dieser in einem Korb in die Höhe schwebte. Trog rannte dorthin und sprang hoch; der Korb war jedoch viel zu hoch und viel zu schnell. Nitram schaute nach oben und bekam durch all den Staub und das ohrenbetäubende Geräusch nicht mit, dass Trog erfolglos versuchte, den Korb zu erreichen.

Tranquillus in Gefahr

Brevis erwachte mit einem fröhlichen Quietschen, das Atiram erschreckte. Sie hatten in einem nahen Wald übernachtet.

„Mach das nicht!", fauchte Atiram ihn an. Ihr Gesicht war feuerrot von der Tatsache, dass sie sich die halbe Nacht lang kratzen musste.

„Diese verdammten Mücken!" Sie schaute Brevis an: „Und warum bist du so fröhlich?"

Brevis wusste nicht, in welcher Art von Gefahr er war. Er dachte, dass ihr Ausflug in den Wald lediglich ein Abenteuer sei. Daher konnte er sich nicht vorstellen, warum es Atiram überhaupt kümmerte, wie fröhlich er war. Es gab doch keine Pugnakrieger in Nednem!

„Habe ich dich geärgert, Atiram?"

Sie hob ihre Arme.

„Ach nein, aber ... ach, vergiss es. Such deine Sachen zusammen, wir müssen weiter!"

Brevis war sich nicht sicher warum, aber er war gut gelaunt genug, um hinter ihr herzutraben. Es war ein wundervoller Morgen und es wurde ein angenehmer Spaziergang an den äußeren Rändern von Nednem entlang. Tranquillus lebte auf der anderen Seite der Stadt – das bedeutete einige Stunden Fußmarsch. Brevis trottete ruhig an ihrer Seite entlang und hin und wieder verschwand er im Unterholz, um nach einem Bissen zu stöbern, den er gerochen hatte.

Die Zeit verging schnell und bald erreichten sie die Rückseite einer Hecke hinter Tranquillus' Haus. Sie sprangen über einen seichten Bach und gingen ei-

shouting, a familiar voice that he couldn't put a name on. He began to run once more, arriving at the base of the shoe just in time to hear the voice repeating itself. He ran along the base of the shoe, determined not to lose Nitram at all costs. On reaching the toe of the shoe and with sweat pouring down his nose, he was just in time to see Nitram disappearing up over the sole in a kind of cradle. Trog ran up to it and jumped, but it was too high and much too fast. Nitram was looking upwards at the time and, due to all the deafening noise and dust, didn't notice Trog's failed attempt to catch his cradle.

Tranquillus in Trouble

Brevis woke up with a joyous squeak, startling Atiram. They had been sleeping in a nearby wood over night.

'Don't do that!' Atiram glared at him. She had a flushed, red complexion, because she had spent half the night scratching herself.

'These damned moquitoes!' She looked towards Brevis, ' ... And why are you so happy?'

Brevis had no idea what type of danger he was in. He thought their trip to the woods was merely an adventure, so he did not understand why it bothered Atiram. No Pugna warriors lived at Nednem!

'Have I offended you, Atiram?'

She lifted her arms in protest.

'For crying out loud! No, but ... , oh, forget it! Come, get your things together, we have to move on.'

Brevis was not quite sure why, but was happy enough to trot on behind her. It was a beautiful morning and it was a pleasant walk around the outskirts of the Nednem farmyards. Tranquillus's address was on the other side of the town—a few hour's walk. Brevis trotted sedately by Atiram's side as if taking his cue from her. Every now and then he would forage in the undergrowth for some morsel he had smelt.

Time passed quickly and soon they arrived at a hedge at the back of Tranquillus's house. They jumped a shallow ditch and walked down the small track to Tranquillus's door. After knocking several times, they were just about to turn away in search for him when they heard a groan from within. Atiram

nen schmalen Weg entlang zur Haustür. Nach mehrmaligem Anklopfen ohne Erfolg waren sie gerade im Begriff umzudrehen und nach ihm zu suchen, als sie einen dumpfen Laut aus dem Inneren hörten. Atiram klopfte an das Fenster und schaute hinein. Das Haus war in einem schrecklichen Zustand. Bücher und Schriften lagen überall verstreut zwischen umgedrehten Tischen und Stühlen. Schwarzer Ruß war verschmiert und klebte an den Innenseiten der Fenster. Sie rannte um das Haus herum und ging durch die offene Hintertür hinein. Tranquillus kniete auf der Erde in der Küche, oder dem, was davon übrig war. Jemand hatte versucht, sein Haus zu plündern und den Rest zu verbrennen. Tranquillus schaute auf, als sie eintraten. Sein Gesicht vom Ruß geschwärzt und seine Kleidung schmutzig. Atiram setzte ihn auf den einzigen Stuhl, der noch ganz war.

„Ist mit Ihnen alles in Ordnung? Was ist passiert?“, fragte sie und sah seine schwer verbrannten Hände.

„Sie waren hier und was immer sie auch gesucht haben, sie haben es genommen oder verbrannt. Ich habe mein Haus gerettet, aber alles andere ist verschwunden.“

„Wer war das?“, wollte Atiram wissen.

„Ich weiß es nicht sicher. Aber sie waren schon immer hinter mir oder etwas, das ich besitze, her, seit Mottley gegangen ist. Aber so schlimm ist es noch nie gewesen. Ich glaube, es hat etwas mit der Reise Ihres Mannes in die nicht-reale Welt zu tun.“

Sie säuberte seine Wunden, bevor sie sie mit Streifen eines Tischtuches verband. Sie hörte ihm zu, als er erzählte, dass er nach Hause kam und alles lichterloh brennend vorfand und versuchte, es zu löschen.

Brevis saß in der Ecke und sagte kein Wort.

Atiram hatte plötzlich einen schrecklichen Gedanken.

“Tranquillus, das Buch, das sie für die Geflüster nutzen, ist das ebenfalls verschwunden?“ Er schaute sich nach einer Reihe Regalen um, aber als er sie halb verbrannt liegen sah, drehte er sich wieder zu ihr zurück. „Entweder gestohlen, verbrannt oder unter dem Stapel dort.“

Sie suchte, fand aber nur einen verkohlten Einband. Die einzige Verbindung, mit Nitram in Kontakt zu treten, war gestohlen worden.

knocked on the window and peered through. The house was a complete mess, with books and papers lying between upturned tables and chairs. Black soot lay on everything and clung to the inside of the windows.

She ran round the house and, finding the back door ajar, she entered.

Tranquillus was kneeling on the floor in the kitchen, or what was left of it. Someone or something had ransacked his house and tried to burn the rest. Tranquillus looked up as she entered, his face black with soot and his clothes covered in dirt. She ran to him and sat him down on one of the only chairs still in one piece.

'Tranquillus! Are you all right? What's been going on?' she asked noticing his badly burned hands.

'They were here and whatever they were looking for they have either taken or burned. I've managed to save my house, but everything else is gone!'

'Who are "they"?' asked Atiram.

'I don't know for sure, but they have always been after me or something I have possessed for years, ever since Mottley left, but it had never been this bad. I think it must have something to do with your husband's trip into the Unrealworld.'

She began to clean his wounds, before wrapping them in strips of tablecloth. She listened to him explain how he had arrived home to find everything burning and about his attempts to extinguish the flames.

Brevis sat in the corner, uttering not a word.

Atiram suddenly had a dreadful thought.

'Tranquillus! The book you used for the Whispers, has that gone as well?'

He turned towards a number of shelves but, on seeing them lying there half burned on the floor, turned back to her, saying, 'Either stolen, burnt or maybe lying under that pile.'

She searched through the charred remains to find only a burnt cover, and realized that the only way to get in contact with Nitram was now gone.

'Brevis, you stay here with Tranquillus. Fetch him some water and find him something to eat. I'm going to fetch Sir Archibald and Van de Bloemen!'

Atiram ran out of the back door along the road, leaving behind a confused Brevis with a sorrowful, broken old man.

Atiram ran into town as fast as she was able, not really bothered about who could see her. Luckily, she arrived at Sir Archibald's house without any one noticing.

She banged on the door. For a few moments there was no answer from within, but then Sir Archibald's voice asked, 'Who's there?'

'It's me, Atiram. I have to speak to you. It's urgent!'

„Brevis, du bleibst hier mit Tranquillus. Hol ihm Wasser und such ihm etwas zu essen! Ich werde Sir Archibald und Van de Bloemen suchen."

Atiram rannte aus der Hintertür hinaus, die Straße hinunter und ließ einen verwirrten Brevis mit einem betrübten, alten Mann zurück.

Sie rannte so schnell sie nur konnte in die Stadt und kümmerte sich nicht wirklich darum, wer sie sah und wer nicht. Sie erreichte glücklicherweise Sir Archibalds Haus, ohne dass es jemand merkte. Nachdem sie angeklopft hatte, dauerte es einen Moment. „Wer ist da?", fragte jemand.

„Ich bin es, Atiram. Wir müssen reden, es ist sehr dringend."

Sir Archibald war damit beschäftigt, eine Lammschulter in Scheiben zu schneiden. Seine Gäste, Henry und Winnie Van de Bloemen, saßen am Tisch und hatten ihre Servietten schon unter das Kinn gesteckt. Als er die Tür öffnete, drehten sie sich zu Atiram. „Kommen Sie herein, meine Teure. Wir haben viel Lamm zu verteilen. Winnie hat eine vorzügliche Pfefferminzsauce dazu gemacht und die Kartoffeln ... "

„Sir Archibald, ich brauche Ihre Hilfe!", unterbrach sie ihn. Sie erklärte alles, was seit der Lynchparty vom Vortag passiert war.

Sir Archibald seufzte und kaute an seiner Unterlippe.

„Also war es das, was sie wollten. Hmm. Ich glaube, meine Freunde, dass es jetzt mit unserer Ruhe und dem Frieden vorbei ist."

Er holte tief Luft. Van de Bloemen hob seinen Kopf und schaute Atiram an, die für ihn ein kostbares Geschöpf mit einem goldenen Herzen war.

„Ja, ja, ich glaube, es ist Zeit, dass wir herausfinden, was hier vor sich geht. Henry, ich wäre sehr erfreut, wenn du und deine Frau nach diesem Tranquillus schauen würdet. Versorgt seine Wunden, sichert sein Haus und so weiter. Lasst ihn in eurem Haus wohnen; dort ist er sicherer, während Atiram und ich, mit Hilfe dieses Brevis, Nitram in die nicht-reale Welt folgen werden."

Atiram schaute ihn mit großen Augen an, verstand aber seinen Gedankengang.

„Die Antwort dieses Rätsels liegt dort, da bin ich mir sicher. Aber bevor wir aufbrechen, werden wir erst essen. Ich habe das komische Gefühl, dass es einige Zeit dauern wird, bis wir wieder ein Festmahl wie dieses haben werden."

Nervös saß Atiram da und schaute Henry Van de Bloemen zu, wie er, den Kopf schüttelnd, Kartoffeln auf seinen Teller häufte. Mit einer galanten Geste hielt er Atiram einen Teller hin, den sie nach einigem Zögern dankbar annahm. Mit einem leeren Magen kann man nicht arbeiten, dachte sie.

Sir Archibald was in the act of cutting a shoulder of lamb into thin slices for his lunch and his guests, Henry and Winnie Van de Bloemen, were already sitting at the table with napkins tucked under their chins.

As he opened the door, they turned towards Atiram.

'Come in, my dear, there's plenty of lamb to go round. Winnie has made some lovely mint sauce to go with it and potatoes ... '

'Sir Archibald, I need your help yet again!' interrupted Atiram. She explained everything that had happened since the 'lynch party' the previous day.

Sir Archibald sighed deeply as he gnawed on his lower lip for a moment.

'So that's what it's been working up to.' He turned to Van de Bloemen and his wife, 'I'm afraid that our peace and quiet is a thing of the past, my dear friends.' He paused, drawing a couple of deep breaths.

Van de Bloemen lifted his head and looked at Atiram who to him was a dear creature with a heart of gold.

'Yes, well, I think it's time to find out what's going on! Henry, I would be obliged if you and your dear wife would look after this Tranquillus fellow for me, please. Take care of his wounds, secure his house, and so on. Maybe let him stay at your house for safety while Atiram and I follow Nitram into the Unrealworld with the help of this 'Brevis' chap.'

Atiram looked at him through wide eyes, but understood his pattern of thought.

'The answer to this riddle lies there, I am sure', continued Sir Archibald. 'But before we leave we'll have to eat first. I have a funny feeling that it'll be some time before we can enjoy a feast like this again.'

Atiram sat nervously, watching Henry Van de Bloemen shaking his head slowly whilst piling potatoes onto his wife's plate. With a gallant gesture he then held out a plate for Atiram who, after a few second's hesitation, resigned and thankfully took the plate thinking that one cannot work on an empty stomach.

Auf einem Riesen

„Hier bin ich, Nitram!"

Die Stimme kam aus einem zweiten Korb, der, über den Schuhen hängend, zur gleichen Zeit wie Nitram ankam und sich auch wieder in Bewegung setzte.

Nitram war sich nicht sicher, hatte aber das komische Gefühl, dass dieser Riesen, an dem er hing, sich bewegte. Seine Augen waren überall, wollten alles gleichzeitig sehen.

Der gekachelte Boden war nun außer Sichtweite. Die kalte Luft, die an seinen Gesicht vorbeizog, der Geruch von Waschpulver, die großen Knoten in der Wolle des Pullovers direkt vor ihm, all das erzeugte ein Gefühl von Unbehagen, das seine Knie wie Matsche anfühlen ließ. Der Korb wurde langsamer und die Bilder wurden deutlicher. Über ihm waren eine Anzahl Flaschenzüge und Räder, unter ihrem Gewicht quietschend. Über eine kleine Ebene gingen Seile in verschiedene Richtungen ab. Er hatte keine Ahnung, wo er sich befand – irgendwo auf dem Oberkörper, vermutete er. Sein Korb hielt ruckend an. Vor ihm war eine Seilbrücke mit Handlauf. Er zögerte, stieg aber langsam auf das leicht schwankende Bauwerk aus, wohl wissend, dass unter ihm nichts als ein großes Loch ins Nirgendwo war. Der andere Korb war vor seinem angekommen und er konnte eine Stimme von der Galerie über ihm rufen hören. Der Mann rief, dass er Nitrams Erstaunen verstehen könne und ihm hochhelfen werde. Ein zuhörender und schwitzender Nitram wanderte über den Steg und dann eine Leiter hinauf. Er fühlte sich komisch, aber, nach gut fünf Minuten Kletterei, sah er der anderen Stimme endlich ins Gesicht. Dessen hartes Gesicht zeigte sichtbare Erleichterung, dass Nitram sicher angekommen war. Eine Hand wurde ihm gereicht. „Hallo Nitram, ich bin sehr erfreut, dich zu treffen. Mein Name ist Mottley." Nitram erinnerte sich an das Photo und überlegte, wie Mottley früher ausgesehen hatte. Er schien jetzt total anders zu sein, aber Nitram schob es auf die Tatsache, dass das Foto vor mehr als fünfzig Jahren gemacht worden war. „Hallo ... ähm, stört es dich, wenn ich dich frage, bist du nicht vor Jahren schon gestorben?" Nitram war überrascht, wie ruhig Mottley blieb. „Ja, das ist es, was ich den Leuten weiß machen wollte. Ein großer Pugnalrieger dachte, er hätte mich ... eh ... erledigt. Das ist aber eine lange Geschichte. Komm doch herein und lass uns etwas essen. Später erzähle ich dir alles, was du hören möchtest", sagte Mottley.

Sie gingen hinauf zu einem schuppenähnlichen Gebäude, das durch Seile zusammengehalten wurde. Es war ein wenig zugig, aber in gewisser Weise sehr gemütlich. Die Hütte glich einem frei schwingendem Korb.

Als sie eintraten fragte Nitram plötzlich. „Wo sind wir?"

„Auf der Schulter der Riesin. Da wohne ich."

On Top of a Giant

'Here I am, Nitram!' The voice came from a second cradle hanging just over the shoes which, as Nitram approached, began to move in the same direction.

Nitram wasn't certain, but he had the odd feeling that this huge mountain of a giantess that he was hanging onto was beginning to move. His eyes were everywhere, trying to take in the sights all at once.

The tiled floor was now out of sight. The cool air as it flew past his face—the smell of washing powder—the huge knots in the wool of the pullover directly in front of him—it all engendered a kind of disbelief that made his legs wobbly.

The cradle slowly began to lose speed and the images became easier to focus. Above him were a number of pullies and wheels, creaking under his weight, ropes spinning off in different directions across a small plain. He had no idea where he was—somewhere on the gigantic upper body, he presumed.

His cradle shuddered to a stop. In front of him was a simple rope bridge with a plaited handrail. He hesitated, but then climbed slowly out of the cradle and onto the swaying contraption, aware that down below there was nothing but a huge fall to nowhere.

The other cradle had arrived before his and he could hear a voice shouting from a gallery above him. The voice explained that he understood Nitram's astonishment and began to recall his own adventures whilst winding up the cradles to secure them.

Nitram, half listening, sweating visibly, walked along one gangway then up a rope ladder, feeling that everything was strangely surreal. But at last, after a good five minutes' climbing, he at last reached the person whose voice he had heard. The man he encountered was hardy and of an indefinite age, his face reflecting obvious relief that Nitram had arrived safely.

He presented a hand to shake.

'Hello, Nitram. I'm very pleased to meet you, my name is Mottley.'

Nitram remembered the photo and tried to visualise what Mottley used to look like. He seemed completely different now, but Nitram put it down to the fact that the photo was quite old.

'Hello ... eh, I hope you don't mind me asking, but didn't you die years ago?' Nitram was surprised how calm Mottley was.

Nitram hatte so viele Fragen, dass sie sich gegenseitig blockierten und nicht herauskommen wollten. Er bekam einen Teller mit heißem Essen und Mottley erzählte, zwischen den einzelnen Bissen, von seinen Abenteuern in der Unterwelt. Nitram aß und trank und lauschte den unglaublichen Geschichten von Mottley.

Es gab so viel zu essen, dass er nicht einmal die Hälfte dessen aufessen konnte, was ihm aufgetischt wurde. So gab er nach ein paar weiteren Bissen auf. Mottley zuckte mit den Schultern, zupfte seine Jacke zurecht und erzählte weiter. Nach einer Weile brach Nitram sein Schweigen und fragte nach der „Kette mit Uhr", dem kompletten Gegensatz zu allem anderen, was gerade um ihn herum passierte.

„Ich weiß überhaupt nichts darüber und habe nur gehört, dass du wohl herkommen würdest, um danach zu suchen. Hast du Probleme mit den Insekten gehabt?", fragte Mottley.

„Nicht wirklich. Ich habe viele gesehen, habe aber den Knauf benutzt, um mich unsichtbar zu machen."

„Ahhh, also hast du die Sapienswerkzeuge gefunden." Mottley aß immer noch. Sein großer Körper braucht viel Nahrung, um sich zu erhalten, aber beim Gedanken an die Werkzeuge begannen seine Augen zu funkeln. „Ja, ich habe sie gefunden, aber warum hast du sie die ganzen Jahre zurückgelassen? Und wie hast du mir ein Geflüster schicken können? Tranquillus meinte, es sei ein komplett neues Verfahren", meinte Nitram. Mottley vermied eine Antwort auf diese Frage. Das verwunderte Nitram ein wenig. Er erklärte es damit, dass Mottley wirklich ein alter Mann war. Vielleicht würde er ihn morgen noch einmal dazu befragen. Sie redeten bis tief in die Nacht hinein, tranken und lachten. Nitram erzählte ihm über seinen Großvater und Mottley war überrascht und traurig von dessen Tod zu hören. Später am Abend enthüllte Mottley das Geheimnis um seine kulinarischen Künste und erklärte eine Folge von Möglichkeiten, wie man welche Insekten am besten zubereiten konnte. So erläuterte er die Inhalte des Abendessens, eine erstaunliche Komposition. Als er fertig war, war es Nitram übel geworden und er bat Mottley, ihn doch besser nicht mehr aufzuklären. Die Welt draußen wurde langsam dunkel und der Riese selbst legte sich hin. Das ‚Hänge-Korb-Haus' pendelte sich in eine andere Lage und schaukelte wie eine Kinderschaukel vor und zurück. Bald gingen auch die beiden ins Bett und zum ersten Mal seit langer Zeit konnte Nitram wieder ruhig schlafen.

Ein ganzes Stück weiter weg lag Trog schlafend in der Ecke auf dem gefliesten Boden. Neben ihm lagen die verbrannten Reste eines halb gegessenen Insekts. Er hatte den menschlichen Riesen weggehen sehen und hatte versucht, ihn zu verfolgen, so schnell er rennen konnte, aber ohne Erfolg. Er verlor ihn aus den

'Yes, that's what I wanted them to believe. A huge Pugna warrior thought ... eh ... thought he'd finished me off, but it's a long story. Come on inside and eat first; I'll tell you all you want to know later.'

They walked up to an odd shack-like building, held together by string or thin rope, a little draughty perhaps, but homely in an odd sort of way. It was very similar to a swinging basket. As they entered the open door, Nitram turned suddenly and asked, 'Where are we?'

'On her shoulder and this is where I live.'

There were so many questions on Nitram's tongue that they blocked each other on their way out.

Nitram was handed a plate piled high with steaming food and Mottley began to tell him, between mouthfuls, about his adventures in the Unreal-world, pushing his head forward as if to emphasise his statements.

Nitram ate and drank in silence, listening to Mottley's unbelievable stories.

The food was so plentiful, the amount and variety so much that he could not eat half of what was on his plate. After a few more mouthfuls he put his hand up politely in a sign of submission. Mottley shrugged, adjusted his vest and continued boasting and eating.

After a while Nitram broke his silence and asked about the 'Watch and Chain', now definitely an anti-climax in comparison to everything else going on around him.

'I don't know anything about this "Watch and Chain", but I heard a rumour that you would be coming to look for them. Did you have any problems with the insects?'

'Not really. I saw plenty, but I used the knob to make myself invisible and slide past them without them seeing me.'

'Ahh ... so you've found the "Sapiens Tools"!' He was still speaking between mouthfuls. A huge body needs a huge meal to sustain it, but on hearing about the 'Sapiens Tools' his eyes began to sparkle.

'Yes, I found them, but why did you leave them behind all those years ago? And how did you send me a Whisper? Tranquillus told me that it was a new technology.'

Mottley avoided answering the questions, as if unaware of what a Whisper was. This puzzled Nitram somewhat, but he soon dismissed it and put it down to the fact that Mottley was really an old man. He would confront him another time with his questions, maybe tomorrow.

They talked well into the night, drinking and laughing out loud.

Nitram told him all about his grandfather and Mottley was surprised and sad to hear of his death.

Augen, als er über eine große Holztreppe verschwand. Wenig später signalisierte ihm ein Luftzug, dass die Tür am Ende der Treppe mit einem quietschenden, kratzenden Geräusch geschlossen worden war. Schlecht gelaunt und hungrig schaute er sich nach etwas zu essen und zu trinken um. Sein Opfer, ein armes Insekt, hörte ihn nicht einmal ankommen, aber fühlte das Schwert, wie es sich in seinen Körper hineinbohrte. Nachdem er gegessen hatte, entschied er sich auszuruhen, zu schlafen und seine Kräfte zu stärken, bevor er die Reise fortsetzen sollte. Er schlief unruhig auf dem kalten Boden. Mitten in der Nacht wachte er auf und beobachtete eine riesige Katze, die durch den Keller schlich und nach Mäusen suchte. Trog wusste, dass er zu klein war, um gesehen zu werden, aber es gefiel ihm trotzdem nicht, dass solch eine große Kreatur frei um ihn herumschlich.

Eine schnelle Reise

Hauptmann Magnus, seine Frau Greda und die Zaldbrüder waren im Morgengrauen aufgebrochen. Sie bewegten sich schnell und leise und waren zügig vorangekommen. Mit ihrer Ausrüstung, die sie gleichermaßen untereinander aufgeteilt hatten, betraten sie die nicht-reale Welt durch eine Schwelle, die nur sie kannten. Ziemlich schnell fanden sie drei Spuren, denen sie eifrig folgten. Magnus war entschlossen, ihre Mission zu einem Erfolg werden zu lassen. Sie würden Trog so schnell wie möglich finden. Aber er wunderte sich trotzdem, warum Trog so verräterisch und untreu geworden war. Sein Benehmen gegenüber seinem eigenen Volk war unverantwortlich. Es brachte Leid und Elend über viele seiner Kameraden. Es war eine Zwickmühle, in der er steckte. Die Fünf betraten den Raum mit dem gefliesten Boden gerade, als die Abenddämmerung einsetzte und hörten das kratzende Geräusch einer großen Holztür aus weiter Ferne. Magnus entschied, dass es Zeit war zu rasten und das Nachtlager aufzuschlagen. Nachdem sie ihre Betten eingerichtet hatten, aßen sie gesalzenes und getrocknetes Fleisch, tranken aus ihren Flaschen und diskutierten miteinander. Magnus war ganz und gar nicht hingerissen von dem einfachen Leben – auf einem harten Boden zu schlafen war nicht seine Vorstellung von Spaß. Er seufzte, unterdrückte seine Bedenken und schlief ein.

Mottley later revealed the secret of his culinary talents, providing numerous examples of how one should prepare a certain type of insect dish, explaining the ingredients of their evening meal. A bewildering variety. Nitram felt rather sick afterwards, but it soon passed and he told Mottley he would rather not be informed in the future.

The outside world slowly turned dark once more and the human giantess settled herself down for the night. The 'hanging-basket house' levelled itself, swaying backwards and forwards, like a child's swing, spilling a little of the drinks on the table before it settled. Soon both men went to bed and, for the first time in what seemed like ages, Nitram slept easily and peacefully.

A long way away, Trog lay sleeping in a corner of the tile covered floor. Next to him lay the burnt remains of a half-eaten insect. He had seen the human giant slowly walk away and tried to follow on foot, running as fast as he could, but to no avail. He lost sight of her accending a huge flight of wooden stairs and a little later he felt a waft of air as the door at the top of the stairs was opened and closed with a creaking, scraping sound.

Bad-tempered and hungry, he looked around for something to eat and drink. His victim, a poor insect, didn't even see him coming but felt the Olk sword as it bore down on him.

After his meal Trog decided to sleep and restore his energy before continuing his journey in pursuit of Nitram. He slept uneasily on the cold floor. He woke in the night to see a huge cat prowling through the dark cellar, searching for mice. Trog knew that he was too small to be seen, but it still bothered him to think that such a large creature was wandering around in the same room.

Travelling Swiftly

Captain Magnus, his wife Greda, and the impressive Zald brothers had been travelling swiftly and quietly since daybreak. With their equipment shared equally among them, they entered the Unrealworld through a Threshold known only to them. Very quickly they found three sets of tracks that they eagerly followed. Magnus was determined that their mission would be a success and they would capture Trog as soon as possible. At the same time, he wondered why they had found three sets of tracks and also why Trog, who

The Bay Willow und Sir Archibald

Sir Archibald war sich sicher, dass Tranquillus nun in guten Händen bei Henry und Winnie Van de Bloemen war. Es waren Freunde, denen er vertraute. Seine anderen Probleme waren viel schwerer zu lösen.

Wo konnte er eine geeignete Schwelle finden? Wen könnte er fragen? Wem konnte er vertrauen? Er fand es unklug den Bürgermeister zu fragen. Dieser würde wahrscheinlich vorschlagen Brevis und Atiram hinter Gitter zu stecken. Vielleicht hat Mademoiselle Souflet eine Idee, dachte er. Also gingen sie los, vorsichtig, um nicht entdeckt zu werden. „Besser sicher als ... “, fügte Sir Archibald hinzu und bald erreichten sie „The Bay Willow“.

used to be so faithful, had become so untrustworthy, unbalanced and alienated. His behaviour towards his own people was unforgivable, bringing death to so many of his comrades as a result of his actions. Magnus also found it strange to be hunting one of his own people. It was an uneasy and painful predicament to be in.

They entered the room with the light brown tiled floor just as it became dusk. Somewhere far off in the distance, they could hear the scraping noise of a large wooden door.

Magnus decided it was time to stop and camp for the night and, after making their makeshift beds, they ate dried salted meat, drank from their flasks, and discussed among themselves. Magnus was not at all rapturous about the simplicity of this primitive life—lying and sleeping on a hard floor was not his idea of fun. He sighed despairingly, overcame his misgivings, and slept.

Sir Archibald at the Bay Willow

Sir Archibald was sure that Tranquillus was now in good hands with his trusted friends, Henry and Winnie Van de Bloemen.

His other problems were, however, much harder to solve. Where could he find a Threshold? Who could he ask or trust?

Tranquillus was only sure of the one used by Nitram. They all thought it would be unwise to ask the mayor—he would probably insist that Sir Archibald lock Brevis and maybe even Atiram behind bars.

Maybe Mademoiselle Souflet would have an idea, suggested Sir Archibald. So off they strode, taking care not to be seen. Soon they arrived at the back door of 'The Bay Willow'.

After ringing a few times, Mademoiselle Souflet opened the door, rather surprised to see them.

They spent a good hour talking together in a back room. Outside, dusk had settled and with it a steady flow of customers began to arrive, including an angry group of townsfolk who were most likely part of the 'lynch party' from the previous day.

'I think they are hiding at Van de Bloemen's house. I have never trusted him!' said someone. 'No. I think they've gone for good.'

'What do you mean "they"? Do you think they are in it together?'

Nach mehrmaligem Klingeln öffnete Mademoiselle Souflet die Tür und war ziemlich überrascht, die beiden zu sehen.

Sie unterhielten sich ungefähr eine Stunde lang im Hinterzimmer. Draußen hatte die Dämmerung eingesetzt und ein ständiger Strom Gäste kam herein. Dabei war auch eine verärgerte Gruppe Stadtleute, die höchstwahrscheinlich auch bei der Lynchparty gewesen war.

Sie unterhielten sich. „Ich glaube, die verstecken sich bei Van de Bloemen. Dem habe ich noch nie vertraut“, sagt der eine.

„Glaube ich nicht, die sind sicher abgehauen“, sagt ein anderer.

„Was meinst du mit „die“? Glaubst du, die stecken unter einer Decke?“, fragt der erste wieder.

„Ja sicher“, meinte ein anderer, „der Vermummte hat uns erzählt ... “. Er konnte nicht weiter sprechen, jemand anderes stauchte ihn zusammen und sie flüsterten weiter. Sir Archibald konnte durch den Spalt in der Tür nicht sehen, wer sie waren, aber er wusste, dass sie nichts Gutes im Sinn hatten. „Wir müssen weiter. Es wird zu gefährlich für Sie, Atiram, wenn wir hier noch länger bleiben“, flüsterte er. „Hinter ihrem Wunsch Brevis zu fangen steckt mehr, als wir dachten.“

„Warten Sie hier. Ich habe eine Idee!“ Mademoiselle Souflet verschwand durch die Hintertür in die Dunkelheit.

„Sei vorsichtig!“, flüsterte Atiram, aber viel zu spät, als dass Mademoiselle Souflet noch hören konnte. Brevis beobachtete alles mit wachsamen Augen, wusste aber noch nicht, in welcher Gefahr er sich befand. Sir Archibald nahm Atirams Hand und drückte sie. Plötzlich konnten sie Schritte hören und die Stimme eines der Männer: „Mademoiselle Souflet! Sind Sie dort drin?“

Der Türknauf drehte sich. Atiram drehte sich schnell zu Sir Archibald um, der Schrecken stand ihr in den Augen. Er reagierte schnell, blockierte mit dem Fuß die Tür und antwortete gleichzeitig. „Mademoiselle ist nicht hier, aber warten Sie einen Moment, ich öffne die Tür.“

Er schüttelte einen Schlüsselbund, als ob er die Tür aufschließen würde. Gleichzeitig schickte er Atiram und Brevis hinter den Küchenschrank, um sich dort zu verstecken. Er öffnete die Tür und stand fest im Türrahmen, sodass niemand eintreten konnte. Die Flügel auf seinem Helm flatterten aufgeregt.

„Sir Archibald?“ Ein überraschter Mann schaute ihn an. „Was machen Sie hier?“ Sir Archibald kam in die Bar, schloss die Tür und antwortete gleichzeitig. „Genau das gleiche, wie du, mein Freund. Ich habe nach diesem Spion gesucht“, antwortete er.

„In der Küche?“, fragte der noch einmal.

Er konnte Von den Hinterhöfen in der Ecke sitzen sehen und den Sekretär des Bürgermeisters, der sein Rote-Bete-Bier trank, das der Wirt ihm gerade ge-

'Yes! Of course.' replied another and added, 'The Hooded One told us ... ' but didn't finish, someone hushed him up and they continued in a whisper.

Sir Archibald couldn't see who they were through the crack in the door, but it was obvious that they were up to no good.

'We'll have to move on!' he whispered. 'It'll be too dangerous for you if we stay here much longer. There is more behind their eagerness to catch Brevis than meets the eye.'

'Wait here. I have an idea!' Mademoiselle Souflet disappeared through the back door into the darkness.

'Be careful!' whispered Atiram, but it was already too late for Mademoiselle Souflet to hear it.

Brevis watched everything with eager eyes, still unaware of the danger he was in.

Sir Archibald gripped Atiram's hand and gave it a little squeeze, trying to reassure her.

Suddenly they could hear footsteps and a voice of one of the men calling. 'Mademoiselle Souflet are you in there?'

The door handle began to turn.

Atiram turned towards Sir Archibald, terror in her eyes. He reacted quickly by jamming his foot against the bottom of the door and answering at the same time.

'Mademoiselle Souflet isn't here, but wait a second. I'll unlock the door!'

He shook a bunch of keys that he had in his pocket as if he was undoing the lock, at the same time making it clear to Atiram and Brevis that they should hide behind the kitchen cupboard.

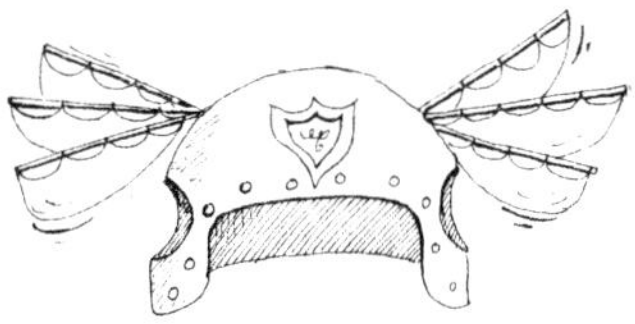

He threw the door open and stood firmly between the door and the frame so that no-one could enter. The wings on his helmet were flapping frantically.

'Sir Archibald?' A surprised man looked towards him. 'What are you doing here?'

Sir Archibald came through into the bar, closing the door behind him and replying at the same time.

'Exactly the same as you, my dear friends. I've been looking for this midget spy!'

'In the kitchen?' he asked again.

He could see Von den Hinterhöfen sitting in the background and the mayor's own secretary slurping his beetroot beer that Mademoiselle Souflet's barman had just given him.

bracht hatte. „Nein, nein, nein," antwortete er, „ich habe soeben Informationen erhalten, dass Atiram und dieser Zwerg auf dem Weg nach Egrab gesichtet worden sind!"

„Wer hat Ihnen das erzählt?", fragte der Sekretär, der mit großen, eifrigen Augen dabei stand.

„Oh, ich möchte keine guten Informanten aufdecken."

Sir Archibald log. „Nun, ich weiß, dass es spät ist, aber ich suche nach Freiwilligen, die nach … ". Er konnte nicht zu Ende sprechen. Die Menschen um den Tisch waren in fanatischer Erregung, als eine große Welle Freiwilliger aufstand. Alle wussten genau, dass, wenn Sir Archibald nach Freiwilligen fragte, sie von der Stadt bezahlt würden. Der Einzige, der immer noch saß und missmutig sein Bier trank, war Von den Hinterhöfen. Zusammen mit dem Sekretär des Bürgermeisters saß er am Tisch und misstraute allem, was vor sich ging.

Sie schauten zu, wie Sir Archibald die Gruppe in kleinere Trupps einteilte und auf den Weg schickte.

Nachdem der Staub sich gelegt hatte und nur noch das Echo der letzten Gruppe gehört wurde, stand Von den Hinterhöfen auf und ging zu Sir Archibald herüber. „Es ist eine komische Zeit, um eine Freiwilligengruppe von Jägern loszuschicken, nicht wahr? Oder versuchen Sie etwas zu verheimlichen? Es ist sehr ungewöhnlich, dass Sie Ihren Informanten ausgerechnet hier im „Bay Willow" und dann auch noch in der Küche treffen. Ich würde diesen Kerl gerne kennen lernen, wenn Sie nichts dagegen haben", sagte Von der Hinterhöfen.

„Oh, ich glaube kaum, dass das eine gute Idee ist, Von den Hinterhöfen", sagte Sir Archibald mit Nachdruck und lehnte sich derart fest an den Türrahmen, dass sich niemand an ihm vorbeiquetschen konnte. Von den Hinterhöfen zog sich zurück. Er wollte keine Szene machen.

„Ich hoffe nur, dass Sie wissen, was Sie da machen … Wer mit Feuer spielt, kann sich ernsthaft verbrennen!"

Der Sekretär folgte ihm übel gelaunt zur Tür. Sir Archibald wartete, bis die beiden außer Sichtweite waren und ging zurück in die Küche. Atiram warf ihre Arme um ihn, als Mademoiselle Souflet durch die Hintertür zurückkam.

„Oh, habe ich etwas verpasst?", fragte sie, als sie die Erleichterung in Atirams Gesicht sah.

„Wir haben einen Helden und einen brillanten Lügner unter uns!", rief Atiram und küsste ihn auf die Wange. Sie erzählte Mademoiselle Souflet alles über Von den Hinterhöfen und den Vorfall.

„Wirklich, er hat sie nach Strich und Faden an der Nase herumgeführt."

„Obwohl ich nicht glaube, dass Von den Hinterhöfen und der Sekretär des Bürgermeisters mir überhaupt geglaubt haben", fügte Sir Archibald hinzu.

'No, no, no,' he replied, 'I have just received information that this midget spy and Atiram have been spotted on their way to Egrab!'

'Who told you that?' asked the secretary, standing now with round, eager eyes.

'Don't want to reveal good informants, do I!' lied Sir Archibald with great severity. 'Now I know that it's late, but I am looking for volunteers to travel to ... '. But he couldn't finish his sentence. The table had erupted with the frantic shouts of volunteers, all knowing full well that if Sir Archibald called for volunteers, then they would be paid for by the town council. Gulping down their beetroot-beer, they rushed towards Sir Archibald. All except Von den Hinterhöfen and the mayor's secretary. They were still holding their beers and appeared to mistrust everything that had been said. They looked on as Sir Archibald delegated the crowd into smaller groups of two or three and sent them on their way.

After the dust had settled and the last echo of the groups could still be heard as they moved off, Von den Hinterhöfen stood up and walked over towards Sir Archibald.

'It's an odd time to send out a hunting party, isn't it? Or are you trying to hide something? Because it seems rather strange that you should meet your informant in the kitchen of the "Bay Willow". I'd like to meet this fellow if you don't mind.' said Von den Hinterhöfen.

'Oh, I don't think that's a good idea, Von den Hinterhöfen!' said Sir Archibald gravely, leaning firmly against the door frame in such a way that no-one could squeeze past him. Von den Hinterhöfen backed away, not wanting to make a scene.

'I do hope that you know what you are doing, Sir Archibald. People get badly burned if they play with fire!' he scolded and walked towards the front door, followed quickly by the mayor's secretary, looking very bad-tempered indeed.

Sir Archibald waited until they were out of sight, then turned on his heels and walked through the door into the kitchen.

Atiram threw her arms around him, just as Mademoiselle Souflet entered through the back door.

'Oh, have I missed something?' she asked, seeing the delight and relief in Atiram's face.

'We have a hero and a brilliant liar in our midst!' cried Atiram, kissing him on the cheek. She then began to tell Mademoiselle Souflet all about the incident with Von den Hinterhöfen.

'Yes, he tricked them into believing that they should leave immediately!'

„Also, den beiden könnte ich niemals trauen", sagte Mademoiselle Souflet, „und jetzt haben wir noch ein Problem. Ich habe von den Zigeunern herausgefunden, dass eine neugebildete Schwelle in Egrab gesichtet wurde, gerade an dem Ort, wo Sie Ihre Freiwilligen hingeschickt haben, Sir Archibald. Ich habe ein Pferd und einen Karren. Hinfahren könnte ich euch. Zwischen den Kisten auf dem Karren könnt ihr euch gut verstecken. Was meint ihr?"

Sie nickten, Atiram schaute Brevis an, der, nachdem er von einem Pferd gehört hatte, übermäßig grinste. „Da gibt es nur noch ein Problem, Mademoiselle Souflet, scheut euer Pferd leicht?"

Der komische Mottley

Am nächsten Tag schaute sich Nitram an seinem neuen Wohnort um. Die aufregenden Erlebnisse des Vortages klingelten immer noch in seinen Ohren. Er hatte Stunden damit verbracht, geduldig die menschliche Riesenschulter zu ergründen und den Kopf unter die Lupe zu nehmen. Aber er passte auf, dass er nicht zu weit ging. Er hielt sich an jedem Haar fest, dass er fand. Überraschenderweise wollte Mottley nicht allzu viel über den Menschen erzählen. Daher war er darauf erpicht, es selber herauszufinden.

Am Nachmittag verließ der Mensch das Haus durch eine große weiße Tür nach draußen. Die Luft war klar und frisch. Nitram war sich sicher, dass sie jetzt irgendwo im Freien waren. Er konnte die Sonne sehen und den Vögeln beim Singen zuhören. Mottley, komischerweise, war sich nicht sicher. Er fing an in Schränken und Kisten nach etwas zu suchen. Nitram sah eine Tür und war ziemlich überrascht, dass diese verschlossen war. Warum würde jemand hier eine Tür abschließen? Mottley ignorierte die Frage als hätte er nichts gehört. Langsam wurde es seltsam, dachte Nitram.

Mottley musste für eine Weile weggehen und ließ Nitram zurück, der sich nun alleine beschäftigen musste. Der Mensch war wieder auf dem Wege in den Keller und Mottley war daraufhin fortgegangen, um jemanden oder etwas zu treffen. Nitram fand es erstaunlich, als Mottley beide Körbe losband, dachte aber nicht mehr weiter darüber nach und beschloss, Atiram eine Nachricht zu senden und ihr über seine Abenteuer zu erzählen und von dem komischen Mottley zu berichten.

'Although I am not sure if Von den Hinterhöfen and the mayor's secretary believed my deception at all!' added Sir Archibald.

'I could never trust those two,' said Mademoiselle Souflet, thinking out loud, 'And now we have another problem. I've found out from the gypsies that a newly formed 'Threshold' has been sighted in Egrab, just at the spot where you have sent your volunteers, Sir Archibald.'

She then added, 'I have a horse and cart that I use for transport and delivery purposes. I could drive you there. You could easily hide between the crates on the back. What do you think?'

Everyone nodded. Atiram turned towards Brevis who, upon hearing about the horse, was smiling profusely.

'There is only one problem.' she added, smiling back towards Mademoiselle Souflet, 'Does your horse scare easily?'

A Rather Strange Mottley

The next day, Nitram began to look around his new habitat. The exciting happenings of the previous day were still running through his mind. He had spent hours patiently exploring the human shoulders and head, taking care not to go too far, holding on tight to every hair he could find. He was surprised that Mottley wasn't really too keen to tell him more about the human, so he decided to find out for himself.

That afternoon the human left through a large white door into the open air. The air was fresh and cool. Nitram was intrigued and decided that they were in fact outside somewhere. He could see the sun and hear birds singing.

Mottley, curiously enough, wasn't sure and began looking through cupboards and cases, apparently searching for something. Nitram noticed a door and was rather disturbed to find it locked. Why would anyone lock a door up here? he thought, and asked Mottley, but he simply refused to answer, as if he hadn't heard anything. This was becoming rather strange, thought Nitram.

Mottley then declared that he had to leave for a short while, leaving Nitram to fend for himself. The human was on her way back into the cellar and Mottley was keen to meet someone or something. Nitram found it rather odd that Mottley undid both cradles, but then thought no more of it and decided that he could send Atiram a Whisper, telling her all about his adventures so far and also telling her about the strange Mottley.

Trog klettert an Bord

Trog wanderte den Kellerflur entlang und fühlte sich ziemlich verloren und hilflos. Hinter dem Menschen die Treppen heraufzuklettern war ohne Kletterhaken einfach aussichtslos. Plötzlich hörte er etwas Ungewöhnliches und rannte zurück zur Waschküche und blickte um die Ecke. Er war überrascht, eine kleine Staubwolke in unglaublicher Geschwindigkeit über den Boden kommen zu sehen.

„Was ist das?", grunzte er sich selber an. Bevor er sich eine Antwort geben konnte, hörte er das kratzende Geräusch der Tür am Ende der Treppe. „Endlich, der Mensch kommt zurück", dachte er und überlegte, wie er am besten auf ihn klettern konnte, um Nitram zu folgen. Ein ziemlich aussichtsloses Vorhaben!

Die gewaltigen Schuhe wurden sichtbar. Trog blieb stehen und wartete und hoffte, dass der Mensch in seiner Nähe anhalten würde. Hoffentlich auch lange genug, um an Bord klettern zu können! Er hielt seinen Atem an, als die Schuhe über ihn hinwegglitten und alles erschütterten.

„Trog!"

„Was war das?" Er war sicher, dass er seinen eigenen Namen gehört hatte.

„Trog!"

Dieses Mal war er sich sicher und begann die Umgebung nach dem mysteriösen Rufer abzusuchen. In diesen Moment sah er, dass der Korb an ihm vorbeihuschte. Sprach ihn da jemand vom Körper des Menschen aus an? Er erkannte die Stimme auch, aber jetzt war es für ihn zu spät in den Korb zu springen. Er grunzte eine laute Antwort, die durch den Korridor hallte und war sich sicher, dass er gehört worden war.

Er rannte hinter dem Menschen her, aber dieser war zu schnell und so blieb er zurück! Er war viel zu langsam und die Schuhe verschwanden um die Ecke herum. Er rannte hinterher und als er um die Ecke bog, stand er direkt vor zwei Schuhen. Ohne eine Sekunde zu verlieren rannte er vor die Spitze des ersten Schuhes und sah dort den Korb hängen. Er griff danach, hatte aber Angst abgeworfen zu werden. Doch er kletterte dann hinein. Dort hörte er eine Stimme neben sich, die ihm riet, an der Leine zu ziehen.

Trog Climbs on Board

Trog was wandering along the cellar corridor feeling rather forelorn and helpless. To climb the stairs after the human was completely out of the question without using grappling irons. Suddenly he heard something unusual and ran back to the corner of the washing room and glanced around. He was surprised to see a small cloud of dust advancing across the tiled floor at an incredible speed.

'Who are they?' he grunted to himself. Before an answer had time to formulate between his ears, he heard the scraping noise of the wooden door at the top of the stairs. 'At last, the human is coming back.' he thought, and began to think of some way to climb onto the giantess in order to follow Nitram; a more or less impossible task. The huge shoes became visible. He stood and waited, hoping that the human would stop nearby, and long enough to allow him to climb on board. He held his breath as the first shoe passed just above his head and landed on the floor, making everything shake under its tremendous impact.

'Trog!'

'What was that?' He was sure he had heard his own name.

'Trog!'

This time he was certain, so he began to search the surrounding area for his mysterious caller. At that precise moment he saw the cradle swing past. Someone was calling to him from on board the human.

He recognised the voice as well now, but it was too late for him to jump onto the cradle.

He grunted a loud reply which echoed along the corridor, and Trog felt quite sure that he had been heard. He hurried along behind the human, waiting for it to stop, but he was far too slow and the shoes disappeared around the corner. He ran on and, as he turned the corner, he came face to face with the shoes. Without a second to lose he ran up to the first shoe and, seeing the cradle dangling by its side, grabbed at it. For a second he thought he would be thrown off, but he climbed in and heard a voice telling him to pull on the rope next to him.

Durch die Schwelle

Mademoiselles Karren war nicht wirklich komfortabel, wenn man zwischen den Kisten auf der Pritsche lag. Aber immerhin erreichten sie sicher ihr Ziel. Egrab war Nednem sehr ähnlich, nur ein wenig kleiner. Das bedeutete, dass es nicht lange dauerte, bis sie das Lager der Zigeuner fanden. Kurz vor deren Zubettgehzeit kamen sie an. Atiram konnte hören, dass Mademoiselle Souflet sich mit jemandem unterhielt, konnte die Worte, die gesprochen wurden, jedoch nicht verstehen. Der Geruch eines Lagerfeuers lag in der Luft und in der Nähe hörte sie, wie sich Leute eine gute Nacht wünschten. Nach einiger Zeit waren sie wieder unterwegs und dieses Mal, so schien es, auf einem nicht befestigten Feldweg. Brevis meckerte über seine schmerzenden Knochen. Sie erreichten die Schwelle innerhalb einer Stunde und die Abdeckung über dem Karren wurde entfernt. Vorsichtig kletterten sie hinunter und streckten ihre müden Glieder. Es war ein windstiller Abend.

Sie warteten ein bisschen und überlegten, was als Nächstes zu tun sei.

Sir Archibald schlug vor, dass sie etwas schlafen sollten, allerdings auf der anderen Seite der Schwelle. Die anderen stimmten zu, dankten Mademoiselle für ihre Hilfe und sagten: „Auf Wiedersehen!“ Atiram umarmte sie lange. Brevis wollte sich gerade innigst von Madames Pferd verabschieden, als Atiram ihn fest bei der Hand nahm und schnell durch die Schwelle schritt. Das Klagen des unruhigen Pferdes konnte man meilenweit hören. Sir Archibald folgte kurze Zeit später und hinterließ eine Mademoiselle Souflet mit einem sehr verwirrten Pferd.

Atiram und die anderen schauten, auf der anderen Seite angekommen, der Schwelle nach, wie sie verschwand und ihre Augen gewöhnten sich bald an das Licht in einem dunklen, feuchten Keller.

Sir Archibald bereitete alle für die Nacht vor. „Wir werden hier schlafen und bis morgen warten. Es geht frühzeitig weiter.“

Atiram nickte. Sie schaute die lange Reihe Steine entlang, die augenscheinlich endlos vor ihr lag, seufzte und schloss die Augen.

Through the Threshold

The cart belonging to Mademoiselle Souflet was not at all comfortable if one was lying between crates in the back, but at least they arrived safely. Egrab town was very similar to Nednem, but smaller, so that it didn't take them long to find the gypsies' encampment.

They arrived just before the gypsies retired to bed. Atiram could hear Mademoiselle Souflet talking to someone, but couldn't make out what they were saying. She could smell a logfire and hear people in the distance saying 'goodnight'. After a while they were on the move once more, this time along a dirt track, it seemed. Brevis was moaning about his aching bones.

They arrived at the Threshold within the hour and the tarpaulin was removed. All three climbed down, tired and stretching their stiff limbs. It was an evening with no wind.

They pondered awhile, discussing what their next move should be.

Sir Archibald came to the conclusion that they should get some sleep, but on the other side of the Threshold. Everyone agreed and thanked Mademoiselle Souflet for her help before saying their goodbyes. Atiram gave her a loving hug and Brevis was about to say his goodbyes to the horse, but Atiram took him firmly by the hand and walked swiftly through the Threshold. The wailing of the uneasy animal could be heard for miles. Sir Archibald followed shortly afterwards, leaving Mademoiselle Souflet and a rather distressed horse behind.

After reaching the other side Atiram and the others watched the Threshold disappear behind them and their eyes had become accustomed to the dark, damp cellar, Sir Achibald began to prepare for the night. 'We'll sleep here and set off early tomorrow morning,' said Sir Archibald, and Atiram agreed. She looked down the long, apparently endless, stone passageway that lay before her, sighed and closed her eyes.

Magnus ist sauer

Die Zaldbrüder kamen von ihrer Erkundungstour zurück, ohne dass sie überhaupt etwas gefunden hatten. Alles schien sich in Luft aufgelöst zu haben. Magnus ordnete an, die Sachen wieder zu packen und, obwohl sie hungrig waren, zogen sie sich wieder in Richtung Tür zurück. Er war sicher, dass er irgendetwas übersehen hatte. Vielleicht einen Hinweis oder eine Antwort. Die Gruppe Pugnakrieger marschierte schnurstracks zurück in Richtung der Metallkisten. Sie alle waren erschöpft, aber zugeben wollte dies keiner. Magnus hatte ohnehin kein Verständnis oder Mitgefühl. Als sie zurückeilten, wiederholte Magnus wieder und wieder den Auftrag, den er bekommen hatte. Er war wütend auf sich selbst, dass er mit dem Überqueren des Bodens so viel Zeit verloren hatte. Er war gespannt, Trog zum ersten Mal seit Jahren wieder zu treffen. Genau zu diesem Zeitpunkt bemerkte er eine kleine Bewegung. Ein kleiner Lichtblitz, irgendwo zu seiner Linken.

Er hielt inne.

„Ruhe!", befahl er und schaute angestrengt auf die andere Seite des Raumes. Langsam aber sicher zeigte er seine weißen Zähne. Jede Linie seines Körpers zeigte wilde Entschlossenheit. „Ich glaube, wir haben etwas gefunden! Folgt mir!" Ohne seine Augen von ihrem Feind zu nehmen, bewegten sie sich langsam und vorsichtig auf den Unbekannten zu.

Geschnappt

Sir Archibald, Brevis und Atiram waren seit Stunden mit großer Vorsicht gelaufen. In der vollkommenen Stille versetzte sie jedes Knarren eines Balkens oder jedes Rauschen von Wasser in Panik. Nun, da sie den gepflasterten Keller verließen und in den gefliesten kamen, wurde ihnen ihre Erschöpfung bewusst. Plötzlich fühlte Atiram wie ein Blatt Papier um sie herumtanzte und, als sie es aufhob, fühlte sie, wie ihr Herz einen Schlag lang aussetzte. Ein Geflüster. Nitram. Sie öffnete es. Sir Archibald und Brevis hörten aufmerksam zu, als Atiram vorlas, was Nitram zu sagen hatte. Über seine Abenteuer, den Riesen, seine Ängste und alles über Mottley. Er versicherte ihr mehrmals, dass er gut aufgehoben war. Sir Archibald hatte so viele Fragen, dass er hätte platzen können, aber er wusste, dass es Atirams erste Nachricht von Nitram war. Also entschied er, sie

Magnus is Angry

The Zald brothers came back from their scouting trip without having found anything at all. The tracks they were following seemed to have disappeared into thin air. Magnus ordered them to pack everything and, even though they were desperately hungry, began to retrace their route towards the white door. He was sure they had missed something; a clue, an answer.

The line of Pugna Warriors marched back across the tiled floor towards the metal boxes. They were all aching with fatigue, but no-one would admit it. Magnus would have paid no heed to their self-pity anyway. As they hurried along, Magnus repeated the orders he had been given again and again, angry with himself for losing so much time crossing the floor for no apparent reason. He was eagerly anticipating meeting Trog for the first time in years and it was exactly at this point that he became aware of a small movement, a speck of light somewhere off to the left.

He stopped.

'Be quiet!' he ordered, looking intensely towards the other side of the room. Slowly but surely he showed a gleaming set of strong white teeth, every line of his body expressing determination.

'I think we've found something! Follow me!' and, without taking his eyes off their foe, they began to move slowly and silently.

Taken Prisoner

Sir Archibald, Brevis and Atiram had been walking with caution for hours. Every now and then the creak of a beam or whoosh of a water pipe would make them jump. Now, after leaving the stone-floored cellar and entering the tiled area of the cellar, they became aware of their exhaustion. Atiram suddenly felt a flutter of paper dancing round her feet and, picking it up, felt her heart miss a beat. A Whisper. Nitram. She opened it quickly.

Sir Archibald and Brevis listened intently as she read out what Nitram had to say about his adventures, the human, his fears, and also about Mottley. It reassured her to know that he was in good hands. Sir Archibald had so many questions that he felt he could burst, but he knew it was Atiram's first news

später zu fragen. Die Sonne versank widerwillig und die Menge des Lichts im Keller wurde weniger. Die Wärme und die Nachricht waren eine große Erleichterung für Atiram. Sie war müde und sie bereiteten ihre Lagerstatt. Für Brevis war es normal, auf einem harten Untergrund zu schlafen. Sir Archibald hingegen hatte entschieden Probleme.

Zu guter Letzt war es ruhig, sofern man von Ruhe sprechen konnte, wenn ein Brevis dabeiliegt und schnarchend vom Pferd des Bäckers träumt. Plötzlich hörte Sir Archibald ein paar Schritte. Er öffnete ein Auge, nicht sicher warum und suchte die Gegend vorsichtig ab. Als er nichts fand, fiel er in den Schlaf zurück.

Ein Klicken.

Atemlos und wie versteinert öffnete Sir Archibald noch einmal seine Augen.

Klick.

Das Geräusch gehört hier nicht hin, dachte er. Es hatte ihn vollkommen gebannt und er suchte die Gegend nach Hinweisen ab. Atiram schlief im Frieden mit ihrer Welt. Sie träumte. Sir Archibald bemerkte, dass Brevis plötzlich mit weit geöffneten Augen senkrecht saß. Sein Gesicht war blass, erschrocken und er zitterte. Er wollte fragen, was los sei, als plötzliche die ganze Welt in Unruhe war. Schatten sprangen über und zwischen sie.

Sir Archibald fühlte, dass große, aber flinke Hände seine Arme auf dem Rücken festbanden. Atiram fluchte. Doch auf einmal, wie durch Zauberei, hörte alles auf. Die großen Zaldbrüder standen um Brevis herum – einem Sapiens! Niemals zuvor waren sie einem Sapiens so nahe gekommen. Ihre aufgeregten Grunzlaute hallten durch die Weitläufigkeit des Kellers. Magnus großer Körper schwebte über ihnen. Ihn schien etwas verärgert zu haben. Er grunzte etwas zu einem der Zaldbrüder, der daraufhin in die Dunkelheit fortrannte. Die Zurückgebliebenen durchsuchten die Rucksäcke und legten den Inhalt auf die Erde. Magnus grunzte ein paar Fragen in die Richtung von Sir Archibald, aber da er nur einen entschlossenen Gesichtsausdruck zurückbekam, entschied er sich, in einer Sprache zu fragen, die unsere Helden aus Nednem auch verstanden. Nicht jeder Krieger der Pugna konnte eine andere Sprache außer der eigenen sprechen, Magnus war die Ausnahme.

„Wo ist Trog und wer ist dieser Nitram?“

Sir Archibald hob seinen Kopf. „Wir suchen Nitram, aber von diesem Trog-Kerl wissen wir nichts.“

„Nitram ist mein Ehemann“, antwortete Atiram, obwohl sie sich nicht sicher war, ob es überhaupt gut war, etwas zu sagen. Sie schaute Magnus an und wartete auf weitere Fragen. Magnus sprach mit seiner Frau. Sie nickte.

„Warum verfolgt Trog ihn?“

from Nitram since he had left, so he decided to bide his time and ask later.

The sun sank, reluctantly it seemed, and the amount of light in the cellar diminished accordingly. The warmth and excitement of receiving a Whisper pleased Atiram a great deal. They prepared to rest their tired bones.

Brevis was accustomed to sleeping on a hard surface, but Sir Archibald had some difficulty.

At last it was peaceful.

Quiet, well, if could call it quiet when Brevis was snoring in the background, dreaming of the baker's horse 'Puddle'!

Suddenly Sir Archibald heard the quiet patter of feet.

He opened an eyelid, not really certain why, and scanned the area carefully. On finding no reason to be alarmed, he slipped back into an uneasy half-sleep.

A click.

Breathless and transfixed, Sir Archibald opened his eyes once more.

Click.

The sound didn't belong here, he thought, it seemed to be out of place amidst the other noises of pipes and creaking beams. It made him utterly curious. He began to search the area for clues. Atiram was asleep, at peace with her world, full of hopes and dreams. Out of the corner of his eye, he saw Brevis sitting up with a start, his eyes wide, his face cowed, stricken and trembling. He wanted to ask if everything was all right, but suddenly their whole world was in turmoil. The shadows sprang upon them, and slid between them.

Sir Archibald felt large but flink hands tying his wrists behind his back and he could hear Atiram swearing. Suddenly everything stopped as if by magic. The impressive Zald brothers were standing around Brevis—a Sapiens—they had never been so close to a living Sapiens before. Their excited grunts and snorts echoed through the dark vastness of the cellar. Magnus, his huge body towering above them, seemed to be annoyed in some way and began to grunt to one of the Zald brothers who then ran off into the darkness. The others began to search through the rucksacks, throwing the contents on the floor.

Magnus grunted some questions at Sir Archibald but, on receiving only blank expressions, decided to speak in a language that our heroes from Nednem could understand. Not every Pugna warrior could speak any other language than their own, but Magnus was an exception to the rule.

'Where is Trog and who is this Nitram?'

Sir Archibald raised his head. 'We are searching for Nitram, but know nothing of this Trog fellow!'

Sir Archibald bemühte sich zu erklären, warum sie dort waren. Während er sprach, beobachtete er Atiram, die teilnahmslos und still da saß. Er kannte die Herkunft der Krieger und war daher äußerst darauf bedacht zu gehorchen. Er verknüpfte all seine Informationen, auch wenn es nicht viele waren.

Magnus setzte sich neben Sir Archibald. Sein großer Körper machte eine Erschütterung auf dem Boden.

„Wir sind ausgeschickt worden, um Trog zu finden, wenn möglich lebendig. Wir haben weder Interesse an eurem Freund und Ehemann Nitram noch an der „Uhr mit Kette." Aber warum hätte Trog Interesse an Nitram oder dieser „Uhr mit Kette"? Ich glaube, du hältst Informationen zurück!"

Sir Archibald wusste nicht warum, versuchte aber trotzdem Magnus von den Tatsachen zu überzeugen. Atiram war merklich unruhig geworden, als sie hörte, dass Nitram von diesem Trog verfolgt würde.

Der andere Zaldbruder hatte etwas gefunden und brachte es Magnus. Es war das Geflüster, das sie erhalten hatten. Atiram erklärte den Inhalt.

Nachdem sie fertig war, nahm Magnus es und las es noch einmal. „Ja, Mottley und ich haben eine Rechnung zu begleichen, aber ... was ist das?" Er übersetzte die Nachricht für seine Frau wieder und wieder. Sie schauten bestürzt. Greda nickte noch einmal. „Ich habe Mottley schon einmal getroffen. Vor vielen Jahren in den Zeiten der Pugnakriege. Er hat mutig gegen Dux gekämpft und beide waren schwer verwundet. Mottley hatte das Licht seines linken Auges verloren und Dux einen Teil seines Horns. Dein Ehemann erklärt sehr detailliert alles über den Riesen, seine Erfahrungen und eine Menge über Mottley, wie er aussieht, aber nichts über seine Narben oder die Augenklappe, die er die ganze Zeit auf hat. Dux hat mehr als die Hälfte von Mottleys Gesicht in dem Kampf zerstört. Ich glaube, es ist wirklich etwas sonderbar, dass er das in dieser Nachricht überhaupt nicht erzählt."

Atiram war weiß wie eine Wand, hilflos schaute sie Sir Archibald an. „Wenn es nicht Mottley ist, wer ist es dann?"

„Ich weiß es nicht", sagte Magnus, „aber du könntest ihm ein weiteres Geflüster schicken und ihn warnen, vielleicht auffordern einmal näher hinzuschauen."

Ihr Kopf senkte sich. „Ich kann das nicht. Ich habe kein Flüsterbuch." Magnus schaute ihr in die Augen und wusste, dass sie die Wahrheit sagte. Plötzlich tauchte der vermisste Zaldbruder wieder auf und erstattete Magnus Bericht.

„Wir müssen bald aufbrechen", meinte Magnus, „mein Kamerad hat ein altes Feuer von Trog gefunden. Er kann nicht weit weg sein. Wir werden innerhalb der nächsten Stunde aufbrechen."

Ihre Fesseln wurden aufgeschnitten. Magnus meinte, sie wären vertrauenswürdig, müssten aber mit ihnen gehen. Sir Archibald und Atiram hatten nichts

'And Nitram is my husband,' replied Atiram, not quite sure if it was wise to say anything. She looked towards Magnus, waiting for further questioning.

Magnus turned and spoke to his wife.

Greda nodded.

'Why is Trog following him?'

Very anxious of mind, Sir Archibald began to explain why they were here. He was watching Atiram, listless and silent, as he spoke. Remembering the warrior's origin and preferences, his objective was to keep the peace, and so he began to mechanically relate all he knew, even though it was very little.

Magnus listening intently, He sat down next to Sir Archibald, his huge body sending small shock waves along the tiled floor.

'We have been sent to find Trog and bring him back alive if possible. We have no interest in your friend and husband Nitram nor your "Watch and Chain", But why would Trog be interested in Nitram or this "Watch and Chain"? I think you are holding some information back!'

Sir Archibald had no idea why, but he continued to try and convince Magnus of the truth of his explanation. Atiram had become noticeably restless on hearing that Nitram was being followed by this Trog fellow.

One of the remaining Zald brothers had found something and brought it over to Magnus. It was the Whisper that they had received.

Atiram explained its existence and its contents.

After she had finished, Magnus took it and began to read it yet again.

'Yes, Mottley and I have a score to settle, but ... what is this?' He turned to his wife, translating the Whisper again and again. They looked bewildered. Greda nodded once more.

'I have met Mottley before. He fought bravely against Dux many years ago during the Pugna wars and both were badly wounded. Mottley had lost the sight in his left eye and Dux lost a part of his horn. Your husband explains in detail all about the human, his experiences and a lot about Mottley. What he looked like, build, clothing etc., but nothing at all about his scar or even the patch he wears all the time. Dux took off half of Mottley's face in that fight! I think it's more than a little odd that he didn't mention any of this at all.'

Atiram was as white as a sheet and looked helplessly towards Sir Archibald. 'But if it isn't Mottley, then who is it?'

'I don't know, but you could send him another Whisper warning him and asking him to have a closer look!' said Magnus.

Her head dropped. 'I'm afraid I can't. I haven't got a Whisper book of my own.' Magnus looked into her eyes and knew that she was telling the truth.

Suddenly the missing Zald brother returned and reported to Magnus.

dagegen. Sie hatten annähernd die gleichen Ziele wie die Pugna. Brevis blieb gefesselt und wurde in einen Rucksack gesteckt, den sich einer der Zald auf den Rücken schnallte. Sein Kopf guckte ab und zu aus der Spitze heraus. Sie wiesen ihn an ihnen zu sagen, wo sie hinmussten. Sollte er sie belügen, so würden sie ihn beim ersten Anzeichen sofort lebendig verspeisen. Brevis wusste nicht, ob das nun ernst gemeint war oder nicht, aber er wollte es sich nicht mit ihnen verscherzen und somit wurde er sehr mitteilsam und richtig hilfsbereit.

Eine große Überraschung für Nitram

Nitram kam mit dem Gefühl von großer Freude und Zufriedenheit zurück von seinem Spaziergang über die Schulter des Riesen.

„Niemand wird mir glauben, wenn ich ihnen von meinen Abenteuern erzähle", dachte er grinsend, als er durch die Tür in das schaukelnde Haus trat. Er stellte fest, dass Mottley noch nicht zurück war und machte sich etwas zu trinken. Er setzte sich hin und blickte durch den Raum. Die mysteriöse Tür, die auf den Hinterkopf des Riesen führte, fiel ihm wieder ein. Er ging herüber und drehte am Knauf. Warum würde jemand die Tür abschließen? Er wollte sich gerade umdrehen und weggehen, als er ein leises Geräusch hörte.

„Hallo? Ist da jemand?", fragte er und wieder hörte er ein Geräusch. Er drehte noch einmal den Türknauf und fühlte sich ziemlich mulmig. Neugierig schaute er durch den Raum, einen Gegenstand suchend, mit dem er die Tür aufstemmen konnte. Das komische Gefühl, dass etwas nicht stimmte, überkam ihn. Ein Lächeln huschte über sein Gesicht, als er in der Ecke neben dem Fenster Werkzeug hängen sah. Er nahm ein Brecheisen und hieb das Werkzeug zwischen die Tür und den Rahmen, sich mit aller Kraft dagegen stemmend. Die Tür war hart, aber der Rahmen war nicht von der gleichen Qualität und so gab er schnell nach und zerbrach mit lauten Krachen und splitterndem Holz.

Er riss die Tür auf. Es war dunkel und feucht, voller vermoderter Luft. Als sich seine Augen an das Licht gewöhnt hatten, suchte er den Raum ab. Es schien ein Lagerraum zu sein. Kleidung war hoch gestapelt und mit Seilen an die Wände

He turned to them saying, 'We must leave soon. My comrade has found an old camp fire ... maybe belonging to Trog. He cannot be far. We will leave within the hour.'

The ropes tying their hands and feet were cut free to enable them to walk freely. Magnus decided they could be trusted, but they-would have to accompany them on their journey nevertheless. Both Sir Archibald and Atiram had no objections, believing their goals to be more or less the same. Brevis remained tied up and was thrown into a rucksack which was thrown over the shoulder of one of the Zald brothers, his head protruding oddly from the top. They told him to show them where to go. He was also warned that on the first sign of betrayal he would be eaten alive. Brevis wasn't too sure if they meant it or not, but decided against chancing it and so became very talkative and helpful.

A Surprise for Nitram

Nitram came back from his walk around the human shoulders with a feeling of great joy and contentment.

'No-one will believe me when I tell them about my adventures!' he thought grinning as he walked through the door into the swinging basket house. He noticed that Mottley had not returned and decided to make himself a drink. He sat down, peering dreamily around the room. The mysterious door that led back towards the head of the human sprang to mind, so he walked over to it, turned the handle and wondered again why anyone would lock a door up here! He turned to walk away when he suddenly heard a faint noise from within.

'Hello! Is anyone in there?' he asked and yet again heard a faint rumbling from behind the locked door—it was by no means soundproof. He tried the handle once more, feeling rather awkward. Curiosity killed the cat, he thought, as he looked around the room in search for something to prise the door open. This strange feeling of something being wrong or even out of place overcame him while he searched. A smile appeared on his face as he found a pile of tools in the far corner next to the window. He picked up a crowbar and walked back to the door. He could feel his hands shaking as he jammed the tool between the door and frame, and pushed against it with all his might. The door was sturdy enough, but the frame wasn't the same quality and it soon began to give way, ripping with loud creaks of splintering wood.

gebunden. Er bewegte sich und bemerkte in der hinteren Ecke einen komischen Haufen. Als er sich näherte, erkannte er Bewegungen. Sein Herz raste. Was konnte das sein? Vielleicht ein Nagetier? Vorsichtig hob er eine Tüte und legte sie an die Seite. Er hörte ein unterdrücktes Ächzen und hielt den Atem an. Der Stapel sah unordentlich aus, aber als er näher kam, erkannte er einen ausgewachsenen Mann, der an den Armen und Beinen gefesselt war und einen Knebel im Mund hatte. Nitram war verblüfft und wusste nicht, was er denken oder glauben sollte. Vorsichtig entfernte er den Knebel. Einen Moment lang war er still, dann schaute der Mann Nitram an und nickte mit einem schwachen, erschöpften Lächeln.

Der Unbekannte hatte eine riesige Narbe auf seiner linken Wange und eine schwarze Augenklappe über dem linken Auge. Seine Erscheinung machte den Eindruck eines Piraten.

„Wer bist du?", fragte Nitram, weil er nicht wusste, was er tun oder sagen sollte.

„Mein Name ist Mottley."

Nitram stand auf und starrte seinen Gefangenen an, der an einem Balken gefesselt war. Er hatte so viele unerklärliche Vorfälle miterlebt, seit er in der nicht-realen Welt eingetroffen war, aber dieses Mal war es anders.

Der sogenannte Mottley konnte die Verunsicherung spüren und wollte reden.

„Ich weiß, dass es absurd klingt, aber ich bin Mottley. Ich konnte dich mit diesem anderen Mann durch die Tür reden hören. Nachdem ich dir ein Geflüster geschickt hatte, kam er und überwältigte mich. Er fragte mich wieder und wieder aus, aber ich habe ihm weder etwas über die Sapienswerkzeuge noch über die Lebensrechte erzählt." Nitram war wie in Trance, aber als er von den Werkzeugen hörte, konnte er das Puzzle zusammensetzen. Nitram fragte Mottley nach mehreren Dinge, bis er sichergehen konnte, dass es wirklich Mottley war. Er fing an, ihm über die „Uhr mit Kette", Atiram und seine Erfahrungen in der nicht-realen Welt zu erzählen.

„Gut, ich glaube dir, aber wie bekomme ich dich aus den Handschellen und Ketten? Ich habe keine Schlüssel!", fragte Nitram.

„Einfach!", antwortete Mottley. „Gib mir nur meine Werkzeuge und ich werde einen Knoten lösen."

Nitram gab ihm seine Werkzeuge und Mottley wusste sofort, wo diese herkamen.

Er löste einen Knoten und – nach einem komischen Geräusch und blinkendem Licht – schrumpfte er zur Hälfte seiner normalen Körpergröße zusammen. Dadurch konnte er einfach aus den Ketten herausrutschen. Er knotete das Seil wie-

He flung the door open. It was dark and damp, and the air smelt stale.

His eyes began to get used to the light and roam around the small room. It seemed to be a sort of store room with clothes piled high against boxes tied to the walls with string. As he moved around, he noticed an odd pile in the far corner and, on approaching it, became aware of a slight movement there. His heart missed a beat. What could it be? Perhaps some type of rodent, he thought, carefully lifting a bag and placing it to one side. A stifled murmur could be heard yet again and he turned towards it, holding his breath. To his amazement, he saw that the pile of untidy clothes had parted to show what looked like a fully grown man with his hands and feet tied together and with a gag in his mouth. Nitram was flabbergasted and didn't know what to think or believe. He slowly and cautiously removed the gag. For a moment the man was silent, but then he looked up towards Nitram and simply nodded, giving him a weak smile, seemingly exhausted.

The stranger had a huge scar down his left cheek, and a black patch over his left eye, which made him look very like a pirate.

'Who are you?' asked Nitram, not knowing what he should do.

After a few seconds the stranger replied in a dry, croaky voice, 'My name is Mottley.'

Nitram stood and stared at the captive, who was chained and padlocked to a beam. He had had unheard-of experiences since arriving in the Unreal-world, but this was different.

The man who called himself Mottley could sense his mistrust and started to talk.

'I know it sounds absurd, but I am Mottley. This other man I could hear you talking to was the Hooded One. After I sent you a Whisper, the Hooded One arrived and overpowered me. He knew that you, Nitram, would be arriving soon. He questioned me again and again, but I didn't tell him a thing about you or the whereabouts of the "Sapiens Tools" or the "Living Rights".'

Nitram was mesmerised, but on hearing about the "Sapiens Tools", he began to piece the puzzle together in his mind, asking a question every now and then until he was certain that it really was Mottley lying there. Then he told him about the "Watch and Chain", Atiram, and all he had encountered so far in the Unrealworld.

'OK, Mottley, I believe you. But how do I get you out of these handcuffs and chains? I haven't got a key!' asked Nitram.

'Easy,' replied Mottley. 'Just give me my "Sapiens Tools" and I'll untie a knot.' Nitram gave him his and Mottley untied a knot. With an odd-sounding puff and a blaze of light, he shrank to half his normal size, enabling him to

der zusammen und gab es Nitram zurück. Langsam kam er wieder auf die Beine und riss ein paar Dielen aus dem Fußboden. Dabei legte er die Werkzeuge und die Kiste der Lebensrechte frei. Er zeigte Nitram diese Schachtel und als er sie in den Händen hielt, konnte er direkt ein Wohlgefühl durch seinen Körper fließen spüren. Nitram öffnete die Kiste und schaute hinein. Das Gefühl, dass jemand oder etwas sang und man leichte Musik hören konnte, war überwältigend. Innen lag ein Papier. Das Pergament war sehr alt und teilweise zerstört. Mottley wies ihn an, es in der Kiste zu lassen – einen Eindruck von seiner Kraft bekam man auch, ohne dass man es herausnahm. Die Kiste selbst war aus Blei gemacht und sehr schwer. So konnte das Signal, dass sie aussendete, nicht entweichen. Nitram dachte, es wäre eine geniale Idee und hätte gerne mehr darüber erfahren, aber plötzlich hatte er einen schrecklichen Gedanken.

„Unser böser Freund ist vor ein paar Stunden weggegangen, um sich mit jemandem zu treffen. Er dürfte längst auf dem Rückweg sein. Wir sollten so schnell es geht verschwinden." Mottley stimmte zu und, ohne auf seine schmerzenden Knochen zu hören, packte er seine Werkzeuge, die Rechte und Verpflegung in seinen Rucksack. Er nahm außerdem ein Flüsterbuch und während er packte, schrieb Nitram eine Notiz an Atiram, in welcher er ihr erklärte, was geschehen war und wie es jetzt weiterginge. Nachdem sie die Nachricht abgeschickt hatten, verließen sie das Haus und machten sich auf in Richtung der beiden Körbe. Nach ein paar Minuten blieb Mottley stehen. Ein eigenartiges, quietschendes Geräusch war zu hören. Beide Räder der Aufzüge drehten sich, was bedeutete, dass jemand auf dem Weg nach oben war – zu weit weg, um gesehen zu werden, aber immerhin unterwegs. Mottley schaute Nitram an und lächelte. „Ich habe eine Idee – wir haben sie noch nie ausprobiert, aber ich bin sicher, dass es klappen wird!" Er nahm Nitram an der Hand und führte ihn zurück in Richtung des Hauses.

„Was?", fragte Nitram und schaute sich zu den drehenden Rädern um, die sich über das Gewicht desjenigen beschwerten, der nach oben kommen wollte. Mottley rannte, was Nitram eigentlich hätte überraschen müssen, wenn er Zeit gehabt hätte, darüber nachzudenken. Zielstrebig rannten sie am Haus vorbei und ein paar Minuten später die Schulter hinunter in Richtung einer Form von Bäumen. Als sie näherkamen, sah er, dass es eine Art Schiff war. Mottley und Nitram kamen in dem Moment an, als das Quietschen der Räder hinter ihnen gerade aufhörte und den Vermummten und seinen Gast auf der Schulter ankündigte. Der Anblick war unglaublich. Es fesselte und ängstigte ihn. Das sogenannte Schiff war Mottleys ganzer Stolz. Nitram hörte Mottleys Plänen aufmerksam zu und wurde recht ärgerlich und nervös. Zu fliegen war nicht wirklich seine Art von Spaß. Angst stand auf seinem Gesicht geschrieben und sein Mut verließ ihn.

simply slip out of the chains. He proceeded to tie the knot back into the string and then handed it back to Nitram with thanks.

He staggered to his feet, then pulled up a number of floor boards, revealing the Tools and a box containing the 'Living Rights'. He gave Nitram the box and, as he held it in his hands, he could feel a sense of well-being coursing through his body. He opened the box and looked inside. The feeling that someone or something was singing, and that some sort of music was playing was overwhelming. The parchments in the box were extremely old and very worn in places. Mottley advised him to leave the documents in the box—the power they possessed was perceptible without taking them out. The box itself was made of lead and was very heavy. It prevented the signal that the Living Rights emitted from escaping. Nitram thought it was a brilliant idea and would have liked to ask more, but he suddenly had a dreadful thought.

'Our evil friend left to meet up with someone a few hours ago and he'll be on his way back by now. I think we should leave at once!'

Mottley agreed and, disregarding his aching bones, began to pack the Sapiens Tools, the Living Rights and some provisions into a rucksack. He also took a book of Whispers. While he was packing, Nitram wrote a short Whisper to Atiram, telling her what was going on. After sending it off, they both strode out of the house and down towards the cradles.

They had not gone far when Mottley suddenly froze. An odd creaking noise could be heard. Both cradle wheels were turning which meant that someone was coming up. That someone who was too far away to be seen, but on his way up.

Mottley turned to Nitram and smiled.

'I have an idea; we have never tried it, but I'm sure it'll work!'

He grabbed Nitram's hand and led him back towards the house.

'What?' asked Nitram, looking back towards the moving wheels, groaning under the weight of whoever was coming up. Mottley was now running, which would have surprised Nitram if he had had time to think about it. They ran past the house and had soon reached the giantess's shoulders and were hurrying towards what looked like a camouflaged group of trees. As they approached, Nitram could see that it was a sort of ship. They arrived just as the squeaking of the wheels behind them ceased, announcing the arrival of whoever was in the baskets at the shoulder platform.

The sight was unbelievable. It enthralled and terrified him. The ship was Mottley's pride and joy. Nitram listened to Mottley's plan, becoming rather agitated and nervous the more he heard. Flying was not his idea of fun. Anxiety was written all over his face.

Er folgte Mottley auf das Schiff, und als sie daran vorbeigingen, zogen sie ein Tarnnetz herunter. In der Mitte des Schiffes war ein großer Mast angebracht, der einen großen Fallschirm hielt. Darunter stand ein Gasbehälter. Armaturen, Anzeigen, Schalter und Knöpfe waren überall angebracht. Mottley drehte, bewegte und fluchte sie an. Nach ein paar Momenten war das selbstgemachte Gas an und strömte aus. Mottley versuchte verzweifelt es zu entzünden. Er war felsenfest davon überzeugt, dass es funktionieren würde. Nach der erfolgreichen Zündung blies sich der Fallschirm auf und wurde größer.

„Ich muss dir die Leinen zeigen!", rief Mottley, der offensichtlich darauf vertraute, dass Nitram schnell lernen könne.

In ihrer Hast, möglichst schnell aufzubrechen, hatten sie vergessen, alle Türen zu schließen und somit dem Vermummten schon einen Hinweis gegeben, was vor sich ging. Deren kleine Schatten kamen weit hinter dem schaukelnden Haus in Sicht.

„Nitram, löse die Bugleine und ich mache das mit der Achterleine. Aber schnell jetzt!"

Als Nitram sich drehte, konnte er das Zittern und Vibrieren spüren, als das Schiff nach oben drängte. Über ihm wuchs der Fallschirm auf volle Größe. Eine beeindruckende Sicht, wenn man denn Zeit gehabt hätte, die Sicht zu bewundern. Nitram schaute nervös über seine Schulter in Richtung des Hauses. Der Vermummte und sein großer Freund waren schon am Haus vorbei. Er war sich sicher, dass er Grunzen hören konnte.

„Ich habe nur genug Gas für ein paar wenige Minuten, eben genug um das Schiff anzuheben", rief Mottley

„Ich kann sehen, dass wir mit diesem Ding aufsteigen können, aber wie nehmen wir Fahrt auf?", fragte Nitram und schaute sich um. Er fühlte sich unwohl.

Mottley war ein wenig verärgert über den Ausdruck, den Nitram für sein Schiff benutzt hatte, entschied aber, das einfach zu ignorieren, als er zwei Gestalten hinter ihnen herrennen sah. „Ich zeig es dir", sagte er überlegen. Er ging achtern und deckte einen großen mechanischen Ventilator an einer Welle auf. Hastig zog er an einem Seil, um diesen zu starten. Das Schiff schwebte schon ungefähr einen Meter über der Schulter des Riesen und stieg weiter auf. Nitram sah mit Schrecken, dass ihre Verfolger nur noch einhundert Meter entfernt waren und sie kamen schnell näher. Mit einem Mal sprang der mechanische Ventilator an, mit einem Ächzen und Schnaufen und einer großen Wolke Rauch. Man hätte es meilenweit hören können. Mottley schwenkte den Ventilator um und ohne viel Zeit zu verlieren verließ die Flugmaschine die Schulter des Riesen. In diesem Moment ereichten der Vermummte und sein Pugnakrieger, schwitzend und fluchend, den Startplatz.

Although he had become somewhat despondent, he followed Mottley onto the ship, pulling the camouflage netting off as they passed.

In the middle of the ship was a huge mast holding a huge parachute above it; and directly below it was an odd gas container. All over the place were dials and switches, buttons and levers which Mottley began to turn, press and swear at. A few moments later, the self-made gas was rushing out and Mottley was trying in vain to ignite it; he was adamant that it would work. At last the gas had ignited successfully, and the parachute began to fill out and inflate.

'I'll have to show you the ropes!' shouted Mottley, obviously trusting in Nitram's ability to learn quickly.

In their haste to leave, they had forgotten to close all the doors, thus giving the Hooded One a clue to what was going on. Their tiny shadows, far away behind the swinging basket house, came into view.

'Nitram! Untie the bow ropes and I'll untie the ones at the stern, but quickly please!'

As Nitram turned he could feel the tugs and tremours of the ship beginning to move upwards. Above him the parachute was billowing out to its full size. A magnificent sight if one had time to enjoy it. Nitram looked nervously over his shoulder towards the house. The Hooded One and his huge friend had now begun to run past the house. He was sure he could hear grunting noises already.

'I only have enough gas to raise the ship a few feet. It'll run out in a few minutes!'

'I can see that we can rise into the air in this odd contraption, but how do we propel ourselves forwards?' asked Nitram, looking around intently, feeling a little inadequate.

Mottley was a little irritated at the term that Nitram used to describe his flying machine. However, he decided to ignore it after seeing two figures running towards them.

'I'll show you,' he said loftily.

Turning quickly to the stern, he uncovered a huge mechanical fan on a pivot. Hastily he pulled on a cord to start it. The ship was by now floating about four or five feet above the human's shoulders and slowly but surely rising. Nitram noticed with dread that their pursuers were now only a hundred yards away at the most and coming up fast.

Suddenly the mechanical fan sprang to life with a cloud of bellowing smoke and a roar that could be heard miles away at least. Mottley swung the fan round and, with not a moment to spare, the flying machine was pro-

„Wow, das war knapp!", kam es aus Nitram heraus. Unter ihnen stand der Pugnakrieger und schwenkte sein Olkschwert. Eine Haltung voller Theatralik, dachte er.

Sie stiegen höher hinauf und entfernten sich von ihrem menschlichen Zuhause. Eine sehr dramatische Erfahrung, dachte Nitram ängstlich. Mottley erklärte, dass er sich schon seit Kindertagen gewünscht hatte, einmal Kapitän auf einem Schiff zu werden – aber ein Fluggerät war noch besser. Der Riese verließ den Keller durch die hintere Tür und Mottley meinte, er ginge in den Garten. Das Geräusch des Ventilators war ohrenbetäubend und konnte Tote wieder aufwecken, aber es schien sie nicht zu kümmern. Sie genossen nur die Aussicht und spürten den Wind in ihren Haaren. Es war eine komische Art von Freiheit, die sie seit Jahren nicht mehr gespürt hatten.

Was Nitram leicht zu denken gab, als er die Gasflamme betrachtete, war die Tatsache, dass auf dem Schiff überhaupt nichts gegen den Ausbruch eines Feuers zu finden war. Der Gesichtsausdruck Mottleys zeigte, dass er sich bei diesem Problem zu wenig Mühe gegeben hatte. Nitram versuchte, an etwas anderes zu denken. Plötzlich stotterte der Ventilator. Er hustete ein paar Mal und blieb dann stehen. Ihr Traum vom Fliegen wurde zu einen Problem.

„Ja, ich glaube, äh, wir haben ein Problem", stammelte Mottley, zog an der Schnur und versuchte den Propeller wieder anzudrehen. Sie schwebten unkontrolliert an dem enormen Auge der Hauskatze vorbei, den Korridor entlang in den Keller mit den hellbraunen Fliesen. Beide hielten Ausschau nach einem günstigen Landeplatz, obwohl sie es ja eh nicht ändern konnten.

Plötzlich sahen sie Lebendiges auf der Erde, das einer kleinen Gruppe winziger Insekten glich.

Nitram war, das musste man zumindest sagen, ein bisschen traumatisiert. Weiter glitten sie durch den Keller und dem Boden entgegen. Das Schlimmste

pelled forwards, just as the Hooded One and his Pugna warrior friend arrived, sweating and swearing.

'Wow, that was close!' spluttered Nitram, looking at the Pugna warrior swinging his Olk sword vigorously, a posture so rich in theatrical possibilities, he thought.

They began to rise higher above and away from their human host. What a dramatic experience, thought Nitram in awe. Mottley explained that as a boy he dreamed of becoming a ship's captain—but then again a flying machine was even better.

Their human host began to leave through the back cellar door and Mottley said that she was going into the garden.

The noise of the mechanical fan was deafening and would have been able to wake the dead, but that didn't worry them—they just enjoyed the view, feeling the wind in their hair and keeping well clear of the human as she left the house. It was a strange type of freedom that Nitram had not enjoyed in years.

What made Nitram rather uncomfortable as he looked at the gas flame was the fact that rules governing an outbreak of fire on board this flying contraption were nonexistent. The boyish expression on Mottley's face indicated the lack of thought he had given to this problem. Nitram tried to think of something else.

Suddenly the roar of the mechanical fan became a stutter, then it gasped and coughed a few times before stopping abruptly, and their dreamy train of thought jolted to a halt.

'Ehhh ... I think we have a problem,' blurted Mottley, pulling at the cord, frantically trying to restart the fan. Out of control, they floated past the enormous eyes of the house-cat, along the corridor, towards the light brown tiled cellar. They both searched for a good landing place, though they couldn't really alter course anyway. Suddenly they noticed a group on the floor, resembling nothing more than a variety of tiny insects. Nitram was, to say the least, a little traumatised.

They proceeded downward, gliding uncontrollably, through the cellar towards the light brown tiles. But the worst was about to reveal itself; now they could see that the insects they had seen were in fact something completely different.

A strange, muffled cry came up through Mottley's throat.

'Pugna warriors!'

A cold shiver ran down Nitram's spine as he popped his head over the side of the ship to take a quick look. Talk about jumping out of the pan into the fire, he thought.

eröffnete sich ihnen erst gerade. Sie konnten jetzt erkennen, dass die Figuren etwas komplett anderes waren, als sie angenommen hatten. Ein unterdrückter Schrei entwich Mottleys Kehle.

„Pugnakrieger!“

Ein kalter Schauer überkam Nitram, als er über die Reling blinzelte. Vom Regen in die Traufe, dachte er.

„Wirf so viel Ballast über Bord, wie du finden kannst. Vielleicht können wir sie noch überfliegen!“, schrie Mottley. Aber zu ihrem Entsetzen hielten sie direkt auf die Gruppe am Boden zu.

Magnus trifft Mottley

Magnus ging mit einem der Zaldbrüder voran, der einen ziemlich entmutigten Brevis auf seinem Rücken trug. Ihm folgten Greda, Sir Archibald und Atiram. Hinter ihnen, in gewissem Abstand und mit einem Blick auf Atiram und Sir Archibald, gingen die beiden übrigen Zaldbrüder. Magnus hielt an. Er hörte ein unbekanntes Geräusch über ihnen.

„Ist das ein Insekt?“, grunzte Greda, nach oben schauend. Sie hielt an.

„Ich weiß es nicht. Es könnte eine Biene oder eine Wespe sein. Mit Sicherheit kein Mensch“, erwiderte Magnus und schaute in Richtung Decke. Das Geräusch verschwand für eine Weile, wurde dann aber lauter und kam immer näher. Plötzlich konnten sie ein komisches Ding, das ihnen entgegentrudelte und von dem Gegenstände herunterfielen, erkennen. Die Gruppe warf sich unter einen nicht ausreichenden Schutz und wartete darauf, dass das Ding an ihnen vorbeiflöge. Magnus sprang beinahe akrobatisch an die Seite. Normalerweise war er nicht der berühmte Balletttänzer, aber zu diesem Anlass war sein Abtauchen einem „pas de chats“ oder den „grand jetes“ sehr ähnlich. Sogar Mademoiselle Souflet hätte ihn dafür bewundert. Auch Nitram fand diese Vorstellung bewundernswert, hatte allerdings keine Zeit ihm dafür Punkte zu geben, da ihr Fluggerät gerade zur Bruchlandung ansetzte und alles im Inneren durcheinanderschüttelte und in hohem Bogen hinausschleuderte. Dabei rutschte es recht ungraziös über den Boden. Teile brachen ab und mit einem lauten Krachen hielten sie am Ende einer Betonplattform an. Nach ein paar Sekunden splitterte der Mast in viele kleine Teile, die nicht viel größer als Zahnstocher waren. Weitere Augenblicke später landete der Fallschirm und ließ alles recht seltsam aussehen!

'Throw as much ballast overboard as you can, Nitram. Maybe we could overfly them!' But to their dismay, they found themselves heading straight for the crowd on the floor.

Magnus meets Mottley

Magnus was walking on ahead with one of the Zald brothers carrying a rather disillusioned Brevis, his head sticking out of the rucksack, on his back. He was followed by Greda, then Sir Archibald and Atiram. At the rear, keeping their distance and keeping an eye on Sir Archibald and Atiram, were the remaining Zald brothers.

Magnus stopped. An odd sound could be heard above them.

'Is it an insect?' grunted Greda, looking up and halting by his side.

'I don't know. It could be the drone of a bee or a wasp. Definitely not a human.' replied Magnus; peering towards the ceiling that no-one could see.

The odd sound ceased for a while, only to start again, this time nearer and louder.

All of a sudden they could see this oddly shaped thing hurtling itself towards them, dropping pieces of its body on the way! They threw themselves behind some inadequate cover and waited for this curious thing to pass. Magnus dived acrobatically to one side. He was not normally a ballet dancer of renown, but on this occasion his dive was very similar to a 'pas de chats' or 'grand jeté' that even Mademoiselle Souflet would have admired.

Nitram thought his performance creditable too, but had no time to give him marks out of ten due to the fact that their flying ship was no longer flying. They were crash-landing, everyone and everything on board was being thrown through the air and their airship was sliding rather ungracefully over the tiled floor. Pieces broke off as it went and, with a loud crunch, came to a stop at the end of the concrete platform. After a few seconds the mast fell

Der Staub legte sich.

Mottley steckte seinen Kopf unter dem Fallschirm hervor und sah nichts anderes außer den Pugnakriegern um sich herum.

Schweigend verließen Nitram und Mottley das Schiff und warteten auf das, was ihnen nun bevorstehen sollte. Nitram schaute direkt in die ungläubigen Augen des Hauptmanns Magnus, dessen Gemüt sich offensichtlich in einem hoch explosiven Zustand befand, nicht wegen ihrer unhöflichen Störung, sondern vielmehr, weil jeder um ihn herum seinen Sprung in Deckung gesehen hatte. Ja, dachte Mottley, es war ein unglücklicher Zufall, ausgerechnet hier zu landen. Es vermieste einen wirklich perfekten Flug. Die Gruppe sammelte sich um das zerbrochene Schiff und man sah die Fragen in ihren Gesichtern. Mottley versank zunehmend in Selbstmitleid, als er sein geliebtes Fluggerät sah, was nun nichts anderes als ein Haufen zersplitterten Holzes war.

„Mottley! Mein Herr wird sich freuen, dich zu sehen", grunzte Magnus. Mottley seufzte. Es gab nichts, was er tun konnte. Er war zu alt, um wegzurennen oder zu kämpfen, – vor allem gegen fünf erfahrene Krieger. Er sank in sich zusammen, ein elendes Häuflein auf dem Boden. „Es ist Schicksal", murmelte er in seinen Bart. Der einzige Lichtblick konnte die Tatsache sein, dass sie für Magnus nützliche Informationen bei sich hatten.

Nitram fühlte sich komplett verloren und wollte seine Sachen aus dem Schrott suchen. Er fand seinen Rucksack, den Lederhut und seinen Mantel, aber sein Spazierstock war nur noch in Einzelteilen vorhanden.

Ein aufgeregtes Raunen ging durch die Pugnatruppe, als Atiram und Sir Archibald kamen, um zu sehen, was da vor sich ging. Atiram zu sehen gab Nitram genügend Stärke, um mit der Lage zurecht zu kommen. Er sprang vom Wrack hinunter und rannte ihr entgegen. Ein gezogenes Schwert stoppte ihn im Lauf. Magnus grunzte etwas und der Krieger ließ Nitram passieren. Atiram sprang Nitram in die Arme. Ihre Herzen klopften laut vor Freude, sie hatten so viele Fragen und sich so viel zu erzählen. Sie hielten sich einfach aneinander fest. Nitram fühlte sich wie im siebten Himmel, wie in einer Traumwelt.

Greda lächelte Magnus an. Er wollte zurücklächeln, riss sich jedoch im letzten Moment zusammen. Seine Erfahrungen in diesen Angelegenheiten waren ziemlich eingeschränkt, also grunzte er ein paar Befehle an die drei Zaldbrüder, die dann in verschiedene Richtungen verschwanden. Dann drehte er sich zu den Verbliebenen um und wies sie an, sich in einem Kreis auf die Erde zu setzen. Sie gehorchten. Nitram begrüßte Sir Archibald.

Magnus befragte sie, warum sie dort waren, warum die „Uhr mit Kette" so wichtig war und viele andere Fragen, die man leicht beantworten konnte. Er kam von einem Thema auf das andere, flink wie ein Hase. Aber er hatte ein Pro-

off, splitting itself into little more than tooth picks; and a few seconds later the parachute came down, covering everything, achieving a picture of abject ridicule.

The dust finally settled.

Mottley popped his head out from under the draping of ropes and cloth, only to see Pugna warriors all around.

Nitram and Mottley alighted from the ship in silence and stood dejectedly on the floor, awaiting their destiny. Nitram looked up, straight into the unbelieving eyes of Captain Magnus who seemed to be in a very highly explosive state of mind. Not because of their rude interruption, but because everyone had seen his impressive dive for cover.

Yes, thought Mottley, it was unfortunate that they had had to crash-land here—it had marred what would have been a perfect flight. Everyone gathered round the demolished ship with questioning faces. Mottley was now feeling rather sorry for himself as he inspected his beloved flying machine, which was no more than a pile of broken wood.

'Mottley! My lord will be pleased to see you.'grunted Magnus.

blem: Was sollte er mit Mottley machen? Er war einer der größten Feinde des Pugna'schen Reiches, so dass es sehr schwer würde, über Nacht einfach zu vergessen oder sogar zu verzeihen. Er war sich sicher, dass Lord Dux genau wusste, was zu tun war. Sir Archibald schlug vor, dass, wenn sie helfen würden, Trog und seinen vermummten Gefährten gefangenzunehmen, sie mit Sicherheit die Erlaubnis bekamen, das Reich zu verlassen. Magnus dachte lange darüber nach. Er wusste, dass sie nur hinderlich sein würden, wenn sie mitkämen. Aber einfach freilassen? Und was wäre mit Mottley? Sie schauten sich gegenseitig misstrauisch an. Als die Diskussion weiterging, begann sich ihre Verstimmung zu lösen. Sie brauchten einen gemeinsamen Feind, einen Sündenbock und Trog und der Vermummte waren ganz sicher die erste Wahl.

„... und Mottley hat uns vor fünfzig Jahren bekämpft. Seitdem ist viel Zeit vergangen", flüsterte Greda ihrem Mann ins Ohr. Sie hatte neben Atiram gesessen und obwohl sie keine gemeinsame Sprache sprechen konnten, begannen sie sich zu verstehen.

„Trog weiß nicht, dass ihr hinter ihm her seid", redete Nitram los, „und er wird mit dem Vermummten auf dem Rückweg sein. Warum warten wir nicht einfach auf ihn! Die sind hinter uns her. Wir sollten warten, dass sie uns einholen." Magnus grinste. So könnte er sowohl Trog als auch den Vermummten ganz einfach gefangen nehmen. Bis zum Anbruch der Nacht redeten sie weiter. Magnus beschloss irgendwann, dass es Zeit wäre zu schlafen. Er befahl den Zaldbrüdern sich mit der Wache abzuwechseln und verschwand mit seiner Frau. Die anderen waren sich selbst überlassen. Es war stockdunkel im Keller, als Mottley geräuschlos zu Brevis herüberkroch und versuchte, nicht die Aufmerksamkeit des wachenden Zald zu wecken. Er band ihn los und Brevis krabbelte eifrig aus dem Rucksack heraus. Mottley flüsterte etwas in sein Ohr. Dann krabbelte er zurück zu den anderen und schlief bis in den Morgen friedlich weiter.

Am nächsten Morgen, bevor das Lager erwachte, kamen die Zaldbrüder hereingelaufen und berichteten, dass sich zwei Personen näherten. Magnus befahl seinen Kriegern, sich um die Betonplattform herum zu verstecken und auf sein Signal zu warten. Nitram sollte sich schlafend stellen, das wäre die beste Art, um nicht verletzt zu werden. Das Warten wurde unerträglich.

Der Vermummte sah die Schlafenden zuerst und er und Trog liefen in Richtung des Lagers, so leise wie möglich. Es dauerte mindestens zehn Minuten, bis sie das Lager erreichen konnten, aber genau in dem Moment, als sie losschlagen wollten, gab Magnus das Zeichen zum Angriff. Der Vermummte, unbesonnen rufend, wurde mit Gewalt zu Boden gebracht; er zeigte so gut wie keine Gegenwehr. Trog auf der anderen Seite wollte seinen Mann stehen und die Pugna, so gut er konnte, bekämpfen. Er zog sein Schwert und stand mittig zwischen

Mottley sighed; there was nothing he could do. He was too old to run or even fight, not against five experienced warriors. He sank down into a tired, miserable heap on the floor. 'It's fate,' he murmured to himself. The only ray of hope lay in the fact that they had information that could be useful to Magnus.

Nitram felt completely forlorn and began to pull his things out of the wreckage. He found his rucksack, leather hat and overcoat, but his walking stick had broken in several places.

A buzz of excited grunting broke the tension as Atiram and Sir Archibald came to see what was going on. The sight of Atiram gave Nitram sufficient strength to cope with the ordeal. He jumped down from the wreck and ran towards her, only to be stopped by a raised Pugna Olk sword. Magnus grunted something and the Pugna warrior let Nitram pass. Atiram ran and jumped into Nitram's arms, their hearts pounding with joy and with so much to ask and say. They simply held each other tight and Nitram felt as if he was in seventh heaven, a dream world.

Greda smiled at Magnus and he was about to smile back but just managed to pull himself together. His experience in these matters was somewhat limited, so he grunted some orders to the three Zald brothers who disappeared in different directions. He then turned to the others and told them to sit in a circle on the ground. They of course obliged and Nitram took the opportunity to shake Sir Archibald's hand vigorously.

Magnus began by asking them why they were here, why the 'Watch and Chain' was so important, and other questions that no-one found difficult to answer. He jumped from one topic to another with the agility of a spring hare. Magnus really only had one major problem, however, namely what to do with Mottley. He had been a prime enemy of the Pugna state for so long that it would be hard to forget or even forgive overnight. He was sure that Lord Dux would know exactly what to do.

Sir Archibald suggested that if they helped Captain Magnus capture Trog and maybe this hooded fellow, they would surely be obliged to set them free. Magnus thought for a long time. He knew that they would only be a hindrance if he took them along, but to let them go?

And what about Mottley? They regarded each other dubiously, but as the discussion unfolded their resentment began to dissolve. They needed a scapegoat, a common enemy and Trog and the Hooded One were the obvious choice.

' ... and Mottley fought against us fifty years ago. A long time has passed,' whispered Greda into Magnus's ear. She had been sitting next to Atiram until now and, even though they couldn't speak a common language, they were beginning to understand each other.

den Zaldbrüdern, auf ihren ersten Schritt wartend. Der Vermummte sah, dass es keinen Ausweg gab und wollte den Zald für ihre Tapferkeit danken. Er dachte, er könne sie so vielleicht täuschen.

„Oh, vielen Dank!“, fing er an, „dieser Pugnakrieger hat mich seit Tagen ohne …“

„Ruhe!“ Magnus hatte keine Lust, seinem Flehen zu lauschen.

„Trog, wenn du dein Schwert niederlegst, wirst du gerecht behandelt, aber wenn du dich weigerst, werden meine Krieger es dir gewaltsam abnehmen müssen.“

Stille.

Trog wusste, dass er keine Chance hatte – nicht gegen alle drei, aber er hatte immer noch Zweifel. Mottley, Nitram, Sir Archibald und Atiram lagen auf der Erde und beobachteten das Spektakel. Atiram schaute sich um und bemerkte, dass Brevis nicht mehr gefesselt im Rucksack lag. Mottley schaute sie an und zwinkerte.

Die Stille war beeindruckend.

Plötzlich erkannte Trog, dass es nicht wert war zu kämpfen und ließ sein Schwert fallen. Die Zaldbrüder banden seine Hände auf den Rücken. Magnus

'Trog doesn't know that you are after him,' started Nitram, 'And he will be on his way back with the Hooded One by now. Why don't we wait for them! They are after us, so why not wait for them to catch up.' Magnus began to smile. He could capture both Trog and the Hooded One easily. They continued their discussions into the night until Magnus decided that they should sleep. He ordered the Zald brothers to take it in turn to stand guard, then disappeared with his wife, leaving everyone else to cope for themselves.

It was pitch black in the cellar as Mottley crawled silently across to Brevis, trying not to warn the Zald brothers. He untied him and Brevis scrambled eagerly out of the rucksack. Mottley whispered in his ear, then crawled back to the others and slept peacefully.

The next morning, before the camp was really awake, the Zald brothers came running in and warned Magnus that two people were approaching from across the tile plain. Magnus ordered his warriors to hide around the concrete platform and wait for his signal. He told Nitram and the others to pretend they were asleep, saying that it was the best way not to get hurt, which sounded plausible enough.

The waiting was unbearable.

The Hooded One saw them first and he and Trog both began to run towards the camp, keeping themselves as low and as quiet as possible. It took them at least ten minutes to creep up on Nitram but, just as they were about to pounce, Magnus gave the order to attack. The Hooded One, shouting heatedly, was forcefully brought to the ground first, where he offered little or no resistance.

Trog, on the other hand, wanted to make a stand and began to fight off his opponents as well as he could. He drew his Olk sword and stood in the midst of the Zald brothers, waiting for their first move.

The Hooded One could see that there was no way out, so he began to thank the Zald brothers for their bravery, thinking he could deceive them.

'Oh thank you so much!' he began, 'This Pugna warrior has been holding me prisoner for the last few days without ... '

'Quiet!' Magnus was in no mood to listen to his pleas. He turned towards Trog and in his own language grunted, 'Trog, if you lay down your sword, you will be treated fairly; but if you refuse, then my men will have to take it off you by force.'

There was an odd silence.

Trog knew that he didn't have a chance—not against all three of them, but he still had his doubts.

sprach mit Trog in ihrer grunzenden Sprache. Danach ging er zum Vermummten hinüber und sprach mit ihm. Eine gute halbe Stunde lang ging das so, bis Magnus zu Mottley kam und ihn über die Lebensrechte befragte.

„Ich vermute, dass der Vermummte lügt, aber er behauptet, dass du die Lebensrechte hast. Ist das richtig?"

„Wenn ich sie hätte, dann hättest du ihre Anwesenheit inzwischen gemerkt", sagte Mottley unschuldig. Er schaute Atiram sehr angestrengt an. Magnus nickte und wandte sich an Sir Archibald. Nitram fragte in ein paar gut gewählten Worten, ob sie die Erlaubnis hätten, den Heimweg anzutreten. Er war sich des unausgesprochenen Vorwurfs bewusst und wartete. „Trog erzählte mir über eure „Uhr mit Kette". Sie ist bei seinem Bruder im Gartenhaus, hier ist die Adresse. Wenn er sich weigern sollte, sie zurückzugeben, sag ihm einfach, dass ich weiß, wo er wohnt." Er hielt inne, schaute Mottley an und schloss mit den Worten: „Mottley, wir haben uns nie getroffen. Ich schlage vor, ihr alle geht jetzt, und zwar so schnell wie möglich!"

Atiram und Nitram konnten ihren Ohren nicht trauen: Sie hatten ihn sehr falsch eingeschätzt. Sie packten ihr Hab und Gut in Rekordzeit zusammen.

So schnell es ging nahmen sie Abschied und verließen den Ort der Ereignisse. Sie gingen durch den gepflasterten Keller und nur Mottley warf einen Blick zurück auf die Teile der Flugmaschine, die auf dem Boden verstreut waren. Den Boden überquerend fragte Sir Archibald, ob jemand Brevis gesehen hätte.

„Ja, natürlich, ich habe ihn letzte Nacht mit den Lebensrechten weggeschickt, für den Fall, dass Magnus danach suchen würde", sagte Mottley. „ Er ist unsichtbar und konnte so an den Zalds vorbeihuschen. Ich habe ihm gesagt, er solle die Rechte zurück zu seinem Volk bringen. Das hätte ich schon vor Jahren tun sollen, aber ich dachte immer, es wäre zu unsicher."

Alle waren glücklich und zufrieden, wieder auf dem Heimweg zu sein und ein paar Zusammentreffen mit Insekten taten der guten Stimmung keinen Abbruch. Sie fühlten sich nicht länger beobachtet und gingen sorglos weiter. Nitram probierte seinen Kompass aus und eine neue Schwelle fanden sie ohne große Schwierigkeiten.

Mottley, Nitram, Sir Archibald and Atiram sat watching the spectacle. Atiram looked around and noticed that Brevis was no longer tied up in the rucksack. Mottley looked towards her and winked.

The silence was tense to say the least.

Suddenly Trog, who had first been inclined to fight, decided that it wasn't worth it and laid his Olk sword on the ground. The Zald brothers tied his hands behind his back. Magnus began to talk to him again in their grunting language and afterwards went over to the Hooded One and began to talk to him. This went on for a good thirty minutes until Magnus returned to Mottley and questioned him about the 'Living Rights'.

'I presume that the Hooded One is lying of course but he tells me that you have the Living Rights. Is that true?'

'If I had the "Living Rights", then you would have felt their presence by now,' said Mottley innocently. He was looking very hard at Atiram as he replied.

Magnus nodded and turned towards the group from Nednem. In a few well-chosen words Nitram requested that they should be allowed to go home. Magnus was conscious of their unspoken reproach and took his time replying. 'Trog has informed me of the whereabouts of your "Watch and Chain". It's in his brother's outhouse and here is the address. If he refuses to return it then just tell him that I know now where he lives.' He paused, looking at Mottley and concluded by saying, 'Mottley, we have never met. I would advise you all now to leave.'

Atiram and Nitram could hardly believe their ears; they had misjudged the warrior completely. The group's few belongings were packed together in record time.

They left as quickly as they could, running through the stone-floored cellar, with Mottley glancing back only once at his beloved flying machine, scattered across the floor.

Walking along between the stones, Sir Archibald turned to Mottley, asking if he'd seen Brevis.

'Oh yes, I sent him off last night with the "Living Rights", just in case Magnus wanted to search for them. He's invisible so he simply walked past the Zald brothers. And I've told him to deliver the "Rights" to his people. I should have done it years ago, but I always thought it would not be safe.'

Everyone was happy and pleased to be on their way back home; even a few encounters with insects could not really alter their happy mood and they continued on, paying little heed to their surroundings. Nitram tried out his compass and they found another Threshold without too much effort.

Zu Hause

Als der Abend sich dem Ende neigte, waren Nitram und Atiram daheim angekommen. Nitram konnte sich endlich auf einen Küchenhocker setzen. Atiram kochte einen Tee und setzte sich neben ihn.

Die Stadt war, seit der Nachricht ihrer Rückkehr, in heller Aufregung und freudiger Erwartung. Das Heimkehrerfest war gut, aber anstrengend gewesen, besonders nach der Ansprache des Bürgermeisters, die einmal wieder nicht enden wollte. Komischerweise fehlten Von den Hinterhöfen und der Sekretär des Bürgermeisters. Das kümmerte Nitram aber nicht wesentlich. Er war nur erleichtert zu Hause zu sein. Seine Baugenehmigung war wie versprochen eingetroffen, alles lief also nach Plan.

Die „Uhr mit Kette" kam wie durch ein Wunder über Nacht zum Vorschein, was im Vergleich mit den Abenteuern, die sie erlebt hatten, ziemlich unwichtig war. Trogs Bruder war von dem Gedanken, dass Hauptmann Magnus sich für einen Besuch anmelden könnte, nicht allzu begeistert. Also beschloss er, die „Uhr mit Kette" so schnell wie möglich zurückzubringen. Mottleys Gefühle waren sehr gemischt. Er war enttäuscht, dass sein Fluggerät zerbrochen war, aber unheimlich stolz darauf, dass die Lebensrechte wieder an dem Platz waren, wo sie hingehörten. Sir Archibald, Mademoiselle Souflet, Henry van de Bloemen und seine Frau Winnie kamen zu Besuch und sie verbrachten den Abend zusammen in der Küche, lachend und scherzend, bis es Zeit war ins Bett zu gehen.

Dragnet lehnte gegen die Wand. Er war vor Stunden eingeschlafen. Plötzlich rutschte er seitlich ab und landete mit einem lauten Plumps auf dem Boden.

Alle sprangen erschreckt auf, dann lachten sie.

Die Bilder an der Wand hinter Bertus verschwammen und der Raum wurde wieder heller. Nachdem sich alle wieder gesetzt hatten, wandte sich Goswin an Bertus. Er war immer noch neugierig. „Danke Bertus, das war eine tolle Geschichte, aber ist dies das Ende? Und was ist mit Trog und der vermummten Person passiert?"

Bertus lächelte.

„Nun, selbst Jahre später wusste niemand, wo Trog und der Vermummte geblieben waren. Vielleicht waren sie immer noch Gefangene der Pugna, keiner war sich sicher. Aber eins war gewiss: Der Krieg zwischen den zwei Nationen endete wenige Wochen, nachdem Brevis das letzte Mal gesichtet worden war. Nitram und Atiram wandten sich wieder ihren alten Gewohnheiten zu. Atiram machte wundervolle Kuchen und das ein oder andere Mal gab es kleine Meinungsverschiedenheiten über den Sauberkeitszustand des Arbeitszimmers.

Back Home

As the evening drew to an end, Nitram led the way home, eventually lowering himself gingerly onto a kitchen stool. Atiram made tea and sat down next to him.

The townfolk of Nednem had been gripped by excitement on hearing of their return. Homecoming celebrations were all well and good, but strenuous; especially the mayor's speech, as full of proverbs as ever, seemed to go on forever. Strangely enough, Von den Hinterhöfen and the mayor's secretary were nowhere to be seen, but that didn't bother Nitram too much. He was simply relieved to be home. And the planning permission had arrived as promised, so all was well.

The 'Watch and Chain' had appeared overnight as if by magic—a feat in itself, taking into account the sheer size of it. Trog's brother must have had a lot of friends to help him. And he obviously did not welcome the idea of Captain Magnus popping in to visit so he had decided to deliver it back as soon as possible.

In comparison to all the adventures Nitram and the others had endured, the 'Watch and Chain' didn't seem so important any more. Nitram was now quite sure that the 'Watch and Chain' must have belonged to a relative of Mrs. Mole.

Mottley's feelings were mingled with a touch of disappointment that his flying machine no longer existed, but it was a deep, proud sensation for him to know that the 'Living Rights'were back where they belonged.

Sir Archibald, Mademoiselle Souflet, Van de Bloemen and his dear wife Winnie arrived at the Tims' house and they had an enjoyable time, sitting together in the kitchen, laughing and joking until it was time to go to bed.

Dragnet, perched against a wall, had dropped off to sleep hours earlier. Suddenly he slipped sideways and landed with a loud thud on the floor.

Every one jumped, and then laughed.

The images on the wall behind Bertus began to fade and the room became brighter once more. Once everyone had settled down, Goswin turned to-

Auf der anderen Seite der Tür lächelte Nitram, als er begann ein neues Bild zu malen. Der Aufgabe widmete er sich mit weitaus mehr Konzentration als sonst. Und wenn man Glück hat und zur richtigen Zeit im Laufe eines kalten Winterabends durch das richtige Fenster hineinspäht, so kann man unsere Freunde um ein großes Feuer sitzen sehen, Rote-Bete-Bier trinkend und Geschichten aus der Vergangenheit erzählen hören, während ihre Enkelkinder über diesen schlafen …. Oder glaubst du, sie planen neue Abenteuer, Alwine?"

„Wer weiß, wer weiß", antwortete Alwine.

Sie saßen zusammen und lachten, bis es Zeit war nach Hause zu gehen. Dragnet flog Captain Gold zurück zum Hexenteich und Elfi flog an ihrer Seite. Das Letzte, was man von ihnen hören konnte, bevor sie in der Nacht verschwanden, war das Schlagen von Dragnets gigantischen Flügeln und Captain Gold, der ein feindliches Schiff entern wollte.

Alwine und Goswin beschlossen nach Hause zu laufen.

Aber nachdem sie sich verabschiedet hatten, hatte Alwine noch eine letzte Frage an Bertus:

„Du hast zu Beginn der Geschichte gesagt, dass diese kleinen geheimen Welten unter unseren Häuser einfach ein Spiegel unserer eigenen Welt seien. Ich befürchte, ich habe überhaupt keine Ähnlichkeiten erkannt." Goswin nickte zustimmend.

„Nun Alwine", lächelte Bertus, „wenn du zum Beispiel Nitram H. Tims und einige der Städtenamen nimmst und sie einfach rückwärts liest, wirst du verstehen, was ich meine!"

wards Bertus, still curious.

'Thank you Bertus, that was a great story, but is that the end of it? What happened to Trog and this hooded person?'

Bertus smiled.

'Well, even years later, no-one knew the whereabouts of Trog and the Hooded One, maybe they were still prisoners of the Pugna people—nobody knew for sure, but one thing was certain: the war between the two nations ended a few weeks after Brevis was last seen.

Nitram and Atiram went back to their old ways. Atiram baked beautiful cakes and every now and then, a slight difference of opinion arose concerning the tidiness of a certain workshop.' On the other side of the door, Nitram smiled warmly as he began to paint a picture, bending himself to the task with far more concentration than was normal.

'And if you are lucky and you peer into the right window, at the right time, during the course of a cold winter's evening, our friends can still be heard, sitting round a blazing fire, drinking beetroot beer and telling yarns and stories of their past adventures as their children sleep upstairs. Or do you think they are planning a new adventure, Alwine?'

'Who knows, who knows,' she replied. They sat together and laughed until it was time to go home. Dragnet flew Capt. Gold back to the Witches' Pond and Elfi flew alongside. The last sound one could hear as they disappeared into the night was Dragnet's gigantic wings, beating the air and Capt. Gold shouting for them to board an enemy ship!

Alwine and Goswin decided to walk home, but after they had said their goodbyes she had one last question for Bertus to answer.

'You said at the beginning of the story that these little secretive worlds under our houses were a simple mirror image of our own world. I'm afraid I didn't hear any resemblance at all.'

Goswin nodded in agreement.

'Well Alwine;' smiled Bertus, 'if you take Nitram H. Tims or some of the town names, for example, and simply read them backwards, you'll see what I mean.'

Danksagung
Ich danke meinen Söhnen Oliver und Christopher für ihre nicht endende Unterstützung. Hilary König für ihr wachsames Auge beim englischen Script.
Kirsten Scharmacher und Michael Pfeifer, die mit viel Mühe den deutschen Text korrigiert haben. Peter Neuhaus und das Team von neuhauswiedemann oHG für das Layout, die uneingeschränkte Unterstützung, und die tollen Ideen für solch ein schönes Buch.
Aber vor allen danke ich meiner Frau für den vielen Tee, den Optimismus, ihre Beratung und Liebe.

Acknowledgments.
Thank you to my sons, Oliver and Christopher for their never ending support. Hilary König for her watchful eye, correcting and sorting out the English manuscript.
Kirsten Scharmacher and Michael Pfeifer who did an awesome job of correcting the German version. Peter Neuhaus and the team at neuhauswiedemann oHG for their book layout, unwavering support and for putting together such a wonderful book.
But above all, my wife, for her tea, optimism, advice and love.

Impressum
Alwine und die Uhr | Martin Smith
Typografie und Gestaltung: neuhauswiedemann, Menden
Illustrationen: Martin Smith

Herstellung und Verlag: Books on Demand GmbH, Norderstedt
ISBN 978-3839107249

Imprint
The Watch and Chain | Martin Smith
Typography and design: neuhauswiedemann, Menden
Illustrations: Martin Smith

Production and publishing: Books on Demand GmbH, Norderstedt
ISBN 978-3839107249